人民共和國文化與文學叢書

五 編

李 怡 主編

第22冊

舒蕪胡風關係史證（中）

吳 永 平 著

花木蘭文化事業有限公司

國家圖書館出版品預行編目資料

舒蕪胡風關係史證（中）／吳永平 著 — 初版 — 新北市：花
木蘭文化事業有限公司，2017〔民 106〕
目 4+164 面；19×26 公分
（人民共和國文化與文學叢書 五編；第 22 冊）
ISBN 978-986-485-093-8（精裝）
1. 舒蕪 2. 胡風 3. 學術思想 4. 左翼文學
820.8   106013293

特邀編委（以姓氏筆畫為序）：

吳義勤 孟繁華 張 檸
張志忠 張清華 陳思和
陳曉明 程光煒 劉福春
（臺灣）宋如珊
（日本）岩佐昌暲
（新西蘭）王一燕
（澳大利亞）鄭 怡

ISBN-978-986-485-093-8

9 789864 850938

人民共和國文化與文學叢書
五 編 第二二冊   ISBN：978-986-485-093-8

舒蕪胡風關係史證（中）

作　　者　吳永平
主　　編　李 怡
企　　劃　北京師範大學民國歷史文化與文學研究中心
　　　　　四川大學現代中國文化與文學研究中心
總 編 輯　杜潔祥
副總編輯　楊嘉樂
編　　輯　許郁翎、王 筑　美術編輯　陳逸婷
印　　刷　普羅文化出版廣告事業
出　　版　花木蘭文化事業有限公司
社　　長　高小娟
聯絡地址　235 新北市中和區中安街七二號十三樓
　　　　　電話：02-2923-1455 ／傳真：02-2923-1452
網　　址　http://www.huamulan.tw 信箱 hml 810518@gmail.com
初　　版　2017 年 9 月
全書字數　479692 字
定　　價　五編30 冊（精裝）台幣56,000 元

版權所有・請勿翻印

舒蕪胡風關係史證（中）

吳永平 著

目次

下　部
決絕的告別（1949 年至 1955 年）

1 胡風叮囑「多和老幹部接觸，理解這個時代」

1949 年 12 月 4 日，南寧解放。

早在國民黨軍潰逃時，中共南寧地下黨組織已開始公開活動，南寧師院學生地下黨組織還派出代表與時任「教授會常務理事」的舒蕪協商，請他出面辦一個民營報紙，為迎接新時代做些宣傳。但由於過境國民黨潰兵的不時襲擾，「護校」的工作更為緊迫，辦報的事情就被擱下了。師生們組成了護校隊，日夜巡邏，終於將學院完整地交到新生的人民政權的手裏。

郵路剛剛恢復，舒蕪便迫不及待地給胡風寫信（12 月 8 日），由於不知對方當時的準確通訊地址，他便抄了兩份，一份寄往上海胡風的寓所，一份寄北京文化部轉。全信如下：

> 風兄：
>
> 南寧已於本月四日晚解放，經過極其順利。真空時期不長，約只一日，且地方工作人員保護有方，可以算是毫無警擾。白匪殘部竄逃至此，早已潰不成軍，逃命之不遑，其他更無待論。現在是解放後第四日，市軍管會尚未成立，暫由臨時治安委員會維持地方。故學校前途如何，現尚不可知。我現在負責教授會工作，又將幫忙編一綜合性之雜誌，以轉載文獻法令為主，無甚道理。只因這裏人手不多，義不可卻而已。
>
> 隔絕過久，一切文教方面情形，務祈擇要詳告！我極想離開這裏，北京或上海不知有否工作機會？能否代為設法？你和別的朋友

們現各在何處參加何種工作？均請告知！至要，至荷！〔註1〕

　　此信另抄一份寄滬寓舊址。

匆匆，祝好！

管頓首拜

（1949年）十二，八。

　　　　《生活論》已完稿，廿萬字。又已將雜文編成一集。

在此信中，舒蕪介紹了自己的近況，「負責教授會的工作」，協助「臨時治安委員會維持地方」；表達了「極想離開」此地的願望，希望胡風能「多多設法」，幫助他在北京上海另謀職業；傳遞了仍願與朋友們從事文化思想建設事業的信息，信末彙報近期寫作情況的用意也在於此。

　　由於沒有收到胡風的回信，他又於1950年1月4日去信，仍然是彙報近況、表達願望、暢述友情，等等。寫道：

　　　　南寧的特殊情況，是軍事發展迅速，政治配合不上，軍管會的成立，比攻城部隊的入城，遲了約二十天。所以，雖是十二月四日就已解放的，我們這個學院被接管卻不過最近三四天，實際上還只是「接」，而未開始「管」。全市最迫切的問題，是糧食問題，因為俘虜大批未遣送，過境軍隊又極多，交通又沒有恢復，所以糧荒極為嚴重，糧價高漲，目下尚無迅速妥善方法解決。我們暫領生活維持米，每人每日二斤，現尚未開始領到。由於這許多困難，所以各方面工作都未展開，文教方面的更談不上。現在所已能作做的，只是學院本身的事情，主要的是協助接管，和參加最近即將成立的管理委員會等事，但人手極少，簡直忙不過來。校外的事也有些瑣瑣碎碎的，更占去一些時間。看這情形，恐怕還要兩三個月才弄得清楚。

　　　　湖南大學方面函電交馳，催我去。但我不想去長沙……好在這裡一時也不讓走，所以對於長沙方面只是拖著，不知平津或京滬可有什麼工作，等著你的信來！還有朋友們的消息，也盼知道！

〔註 1〕　舒蕪原注：「這一段，另抄一份的文字小異，如下：莫名其妙的陷在南寧，致與解放區隔絕過久，一切情形都極隔膜。早就想，一旦能通郵，便要請你盡可能的擇要詳細告我。同時，你當然也想得到，我是急於要離開這裡，最好能往北京或上海。不知情形如何？可能性如何？你和翎兄梅兄等現在何處參加何種工作？這些均請詳細告知，並在實際上多多設法，為荷！」

信中提到「協助接管」及「參加最近即將成立的管理委員會」之事，這是解放後舒蕪承擔的第一個社會工作。本月中旬，南寧師院召開全院師生大會，選舉成立「臨時院務委員會」，高天行教授被選爲主任，張景寧教授和舒蕪等被選爲委員。由於高教授有殘疾，行動不便，委員會與軍管會的聯繫實際上都是由張教授和舒蕪承擔的。不久，高天行教授在家裏接待隨軍南下的老朋友蔣牧良，「談得很熱烈，客人剛走，高先生就突然發病去世」〔註2〕。此後，委員會的工作主要是由舒蕪和張教授等人負責。雖然重任在肩，舒蕪仍思離去，他的心已飛往「平津」或「京滬」。

1950 年 1 月 12 日胡風自北京來信，信中寫道：

管兄：

信今天才收到。平安無事，那就好。朱（朱聲，即方然）、陳（陳性忠，即冀汸）仍在杭州學校。嗣興（徐嗣興，即路翎）在南京文藝處，最近要來這裏青年劇院，不知能不能得到允許。亦門（陳亦門，即阿壟）閒了半年多無辦法，最近到天津文協來了。

你的事，去年託了（陳）家康一次，把你弄出來，當然無回音。不能離南寧職業，外面暫無辦法。學校已過期了，工作，即便有地方可去，也是供給制，供一個人吃住穿，不能管家屬的。學校或舊人員才有薪金。你要暫保留舊人員身份，否則，家屬無法辦的。當地有工作，要好好做，做到離開爲止，暫時放開書本也無所謂罷。多和老幹部接觸，理解這個時代。

我，一年了，除了參加兩次會，沒有做什麼。家人仍在上海。

有一個時期，壇上以我們爲唯一對象，我的辦法是一聲不響。最近，似乎有了一點轉機，但也只「似乎」「一點」而已。時代是偉大的，然而卻是艱難的。做下去，做下去看罷。

我很好，身心都好，爲生平最好的時期。在這裏是作客，至多二十天左右回上海去。

集子，可寄上海去。但很難出版罷。現在是，非老解放區或名人之作，商人很少肯印的。我們的更是如此。

匆匆祝

〔註2〕　舒蕪《超前的識見，開闊的胸襟》，載 2006 年 2 月 7 日《文匯報》。

　　好

　　　　　　　　　　　　　　　　　　　　　　風

　　　　　　　　　　　　　　　　　一・十二上午

這是南寧解放後，胡風寫給舒蕪的第一封信。

　　這封信回得有點晚。解放初，胡風的信幾乎是緊跟著解放軍前進的步伐，及時地傳遞到各地朋友手裏的——

　　南京 1949 年 4 月 23 日解放，胡風 4 月 26 日致信路翎；

　　杭州 1949 年 5 月 3 日解放，胡風 5 月 7 日致信方然、冀汸、朱谷懷等；

　　武漢 1949 年 5 月 16 日解放，胡風 5 月 19 日致信綠原；

　　上海 1949 年 5 月 25 日解放，胡風 5 月 29 日「附一信給周而復，介紹化鐵和羅洛」。

　　以上信件都是在未收到對方信件的情況下先寄出的，距當地解放時間大都只有三到四天。相比之下，他給舒蕪的信卻不太及時，而且是收到對方兩封信後才回覆的。這或許能說明什麼，或許並不能說明什麼。〔註3〕

　　1950 年 1 月南寧被正式確定爲廣西省會。同月 14 日，第一次省委會議在南寧舉行。2 月 8 日，廣西人民政府正式宣佈成立。隨後，各項與政權建設相關的行政工作、社會工作逐一展開。百廢待興，急需人手，隨軍南下的幹部不夠用，更多的幹部從當地進步人士中甄選。在南寧地下黨看來，舒蕪是屬於那種「政治上一直在爲推翻國民黨政權、建立共產黨領導的政權，實現馬克思主義而奮鬥〔註4〕」的革命同志；他得到了組織上的信任和重用，也因此得到了更多的參與「社會實際活動」的機會。

　　寒假期間，南寧市委宣傳部舉辦了全市的「青年學園」（青年幹部學習班）和「中小學教師寒假講習班」，其宗旨大抵與各項政策宣傳及知識分子改造問題有關。其時，南寧師院已奉令將遷回桂林，舒蕪和另外兩位教師作爲進步教授被留下來，不僅承擔了許多社會職務，還被內定接掌當地三個中等學校。南寧市委非常重視「青年學園」和「中小學教師寒假講習班」的工作，市委宣傳部長兼任兩個主任，重點放在「青年學園」，舒蕪任「教師講習班」的副

〔註3〕　胡風曾於 1949 年 4 月 19～26 日致信梅志，提到解放後可以爲幾位「最可靠的朋友」找關係介紹工作，他們是「徐（路翎）、梅（阿壟）、然（方然）、汸（冀汸）、馨（化鐵）、原（綠原）幾個人」，沒有提到舒蕪。

〔註4〕　《舒蕪口述自傳》第 209 頁。

主任，實際主管這邊的日常行政，市委宣傳部教育科長和預定的市文教局黨員副局長擔任秘書。

　　舒蕪對解放後承擔的這第一份實際工作印象很深，他在《〈回歸五四〉後序》中寫道：

> 解放後我被當作一個思想政治工作的幹部來使用，當作知識分子改造工作中的「改造者」來使用，同時又被賦以「社會政治活動家」的身份，而不是被擺在「待改造的文藝界」的地位。這樣，我很快就以興奮的心情學會了新的思維方式，即以政治標準為一切的最高標準的思維方式。

舒蕪3月9日致胡風的信中，便流露出了這種備受新政權信任的「改造者」的興奮心情，他寫道：

> 屠先生（指梅志）的信和《起點》、《學藝》，你自北平來的信，都早收到。當時在忙著主辦一個寒假教師研究班（在主辦這個班當中，向老幹部學了不少），簡直沒有一點空，所以各方面的來信都未答覆。

信中所說「向老幹部學了不少」，是對胡風1月12日信中「多和老幹部接觸，理解這個時代」囑咐的積極回應。胡風當年對其他青年朋友也有過類似的叮囑，如1949年9月4日致路翎：「尊重首長是好習慣。」1949年9月6日致阿壠：「首長不瞭解你，一切都不方便。」「首長」與「老幹部」同義，當年更習慣於稱呼「老幹部」為「首長」。不過，仔細揣摸起來，胡風對舒蕪、阿壠、路翎的告誡略有區別，一為「理解」時代，一為爭取支持，一為得到接納。

　　在同信（3月9日）中，舒蕪還告訴對方，師院即將遷往桂林，自己將留在南寧擔任省立高中校長。他寫道：

> 學院決定遷桂與廣西大學合併，我想藉此北上，應湖南大學之聘，去長沙教書，但此地省委市委各方面堅留不放，我又始終想走，因這樣的行止不定，所以又無從回信。現在，最後決定還是不走，去當省立南寧高中校長，在社會活動方面已被選出的是中蘇友好協會籌委會的副主任，教聯宣教部部長，將來聽說還要去搞省文聯。我的意思，覺得這樣打雜下去，實在不好，連看書的時間都沒有，所以極力爭取赴湘教書，但事實上無論如何不可能，那麼也只好如你所說，「暫時放下書本也無所謂」了。

師院遷往桂林後，南寧就沒有了高等學校，只剩下以南寧高中爲首的幾所中小學。原師範學院教授方管（舒蕪）、張景寧和助教葉生發三人被南寧市委留下來。舒蕪被任命爲南寧高中校長、市人民政府委員，張景寧被任命爲南寧市一中校長、市人民政府委員，葉生發被任命爲南寧師範校長。這是解放後南寧文教界第一個大舉措，影響相當大。社會上一般認爲，這三位校長其實等於人民政府派出來接管南寧整個教育界的三位接管大員。其中，南寧高中是百年老校，現在南寧又確定爲省會，南寧高中便成了全省首席中學；而市人民政府委員，是中央政務院通過，周恩來署名任命的。說實在的，如論社會地位，在胡風派諸人中，舒蕪當年的社會地位僅次於胡風（胡風時爲文聯全國委員、全國政協委員），而非其他朋友所能比〔註5〕。

　　然而，舒蕪卻志不在爲官。他把此時此地的一切都看成是「暫時」的，仍未忘懷曾致力於的文化思想事業。3月13日他又急不可耐地致信胡風，信中仍堅稱：「我打算暑假後還是要走，請給我注意，因爲總想走動走動。」此外，他也談到對如何辦好「全省性的首席中學」的一些打算，寫道：

> 這兩天再四思維，千頭萬緒，歸根結底都只達到一個結論：要走群眾路線。在幹部政策方面，我所想到的是：小心的選拔；科學的配置；大膽的信任；最後，嚴格的檢查。自己擬定一個最主要的戒條，就是：不要因「求治太急」，而變成事務主義，而變成「辛辛苦苦的官僚主義」。對舊人員總以團結爲主，而加緊掌握學生，一切問題由學生的力量去解決。風兄：你以爲如何？希望你多給我意見！

信中提到了「路線」、「政策」、「戒條」及工作中應注意的諸項原則，甚至耽心自己會因此變成「事務主義」和「官僚主義」者。應該說，舒蕪當年的所思所爲與胡風的教誨「多和老幹部接觸，理解這個時代」是吻合的。在同信中，他繼續向胡風彙報思想上的收穫，寫道：

> 從解放以來，學習了一些東西，主要的是在擔任寒假教員研究班副主任的二十多天當中，從老幹部們身上，看到了毛澤東思想的具體表現，和整風運動的偉大成功。舉一個例，例如自由思想，暴露思想實際，聯繫自己，加以改造，這一套方法，就是我先前所未

〔註5〕　戴光中在《胡風傳》中寫道：「全國解放後，『七月派』成員大多在京、津、滬、寧、漢、杭各大城市，繼續在文壇上大顯身手。唯有舒蕪，滯留在閉塞的西南一隅，當個無足輕重的中學校長。」此說不甚準確。戴光中《胡風傳》，寧夏人民出版社1994年版，第285頁。下不另注。

知道，現在看來確能解決思想問題的。這樣來談思想，才不落空，才不會變得如我們過去所擔心的虛有其表。此外，在種種具體政策上，在具體作風上，在工作技術上，也使我學到了很多。

秦似在這裡，任軍管會交際處主任秘書，邀我搞文聯。對這，你有什麼意見？還有中蘇友協，我也負了籌委會副主任之責，不知道該怎麼做才好！這一切，希望你多談談。

胡風 3 月 15 日自上海來信，這是解放後他寫給舒蕪的第二封信，是答覆舒蕪 1 月份的幾封信的。2 月間他曾應三野第 24 軍政治部主任彭柏山的邀請赴徐州駐地參觀訪問，回到上海後又忙於詩集《時間開始了》（第四樂篇《安魂曲》及第五樂篇《歡樂頌》）的出版事宜。忙完了，才抽空寫了這封長信。信中寫道：

回上海一個多月了。在北京得到信，當時回了，不知收到了沒有？湖南要你去，也許你要準備去了？

北京和上海，情形比較複雜些。舊教職員不動，而且總有人事派別，無法擠進去的。而且，人才集中，又都思想「通」得神速，和他們是無法打交道的。我堅決不去教書，免得弄得頭昏腦漲。

但久留南寧也不是辦法，湖南恐怕也是舊的一套。

瀋陽有個東北行政學院，就要改為人民大學（東北）。晉駝在那裏任總務部主任。前幾天，教務處副處長高羽來上海聘請教員，特別提出要一個教哲學文學的，而且能領導文哲教員們的工作。我提出你來，他非常高興，他已寫信通知學校，要我寫信和你商量，希望你去。

在這封長信中，胡風詳細地陳述了「非常贊成」舒蕪去東北任教的五個「理由」，並設身處地為他分析了面臨的兩個困難及解決困難的方法和途徑。「理由」之三特別值得關注，他寫道：

三、上海文壇被幾個猛人馳騁著，我們出書出刊物都不可能，北京太擠，武漢、湖南似乎茫無頭緒，是以香港遺風為指針的。東北沒有這個壓力（或者很薄），且與天津接近。天津文運很活潑，魯藜等主持，很有前途。

這封信，可以說是胡風當年對本流派生存現狀及發展前景的分析和展望。他希望舒蕪去東北任教，既是在替他設法解決「職業」問題，也是從「事業」

發展的前景著想的。前文已經多次敘及，在胡風及最親近的朋友們看來，「職業」與「事業」是有區別的，前者只是謀生的手段，後者才是獻身的目標。如果二者能夠統一，那當然是最好不過。

　　如果舒蕪能順利成行，前往東北，他也許會從此重歸胡風所領導的「文運」。然而，人生確實是無法預料的。

2 胡風說「這公案遲早要公諸討論的」

　　胡風在 1950 年 3 月 15 日那封長信中，「非常贊成」舒蕪到東北某大學去任教。他提出的主要理由是，「香港遺風」（指《大眾文藝叢刊》的影響）在東北「很薄」。當時，他主要是從「文運」（本流派的發展）的大局來考慮舒蕪的職業問題的。

　　其實，就舒蕪解放初的境況而言，他並沒有落到胡風所說的「就是被當作留用人員也得留下」的狀況，也不是不能憑實力在大學裏謀個教職。他本是南寧師院的四級教授，可以隨院併入廣西大學繼續任教；他也可以到長沙去，譚丕模先生所在的湖南大學「函電交馳」催他前去，汪澤楷先生所在的民國大學校務臨時委員也寄來了聘書。然而，他沒有去，一方面是當地領導不放，一方面是他仍不能忘情於與胡風等師友攜手奮鬥多年的「事業」。

　　不過，在那個沸騰的、百廢待興的年代裏，作爲當地知名的進步教授，他仍然主動或被動地被捲進人民的革命建設事業之中。南寧解放不到半年，他先後擔任的社會職務便有：

　　　　南寧師範學院「院務委員會」委員（1949 年 12 月）

　　　　南寧市「中小學教師寒假講習班」副主任（1950 年 2 月）

　　　　南寧高中校長（1950 年 3 月）

　　　　南寧市人民政府委員（1950 年 3 月）

　　　　南寧市中蘇友好協會籌委會副主任（1950 年 3 月）

　　　　廣西省教師聯合會宣教部部長（1950 年 3 月）

　　　　廣西省文聯籌委會常委、研究部長（1950 年 4 月）

　　　　南寧市文聯籌委會副主任（1950 年 4 月）

這些職務似乎能說明，舒蕪解放初確實是被新生的人民政權「當作一個思想政治工作的幹部來使用，當作知識分子改造工作中的『改造者』來使用，同時又被賦以『社會政治活動家』的身份，而不是被擺在『待改造的文藝界』的地位」（《〈回歸五四〉後序》）。據說，南寧市人民政府成立後不久，他便被內定爲市文教局局長，由於他堅辭不就而作罷。順便提一句，李輝先生曾寫道：「1949 年之後，舒蕪遠遠地留在南寧一所中學裏。朋友們有的在上海，有的在中原，有的在北京，大多佔據了令舒蕪羨慕的位置。〔註1〕」這個說法其實並不準確，當年「朋友們」的「位置」都不太理想，胡風尙在上海和北京兩地飄泊，路翎調到北京後處境欠佳，阿壟好不容易才在天津文聯落腳，方然在浙江省文聯中掛了個閒職。解放初境遇較順的反倒是南寧的舒蕪，胡風當年曾評價他的處境是「（既）爲工作所需要，又爲關係方面所信任」，這話並不是憑空說的。

可以設想，如果舒蕪當年繼續沿著這條道路走下去，後來的許多事情都不會發生。

然而，就在此時，他又收到胡風於 1950 年 3 月 29 日的來信。胡風的這封信是對他 3 月 9 日和 13 日寄出的兩封信的回覆，解答他所提出的幾個問題。胡風寫道：

> 現在南寧情形如此，還是留南寧好，至少也要留一個時期才好。當爲工作所需要，又爲關係方面所信任，於情於理，都不應匆匆離開的。應該接近老幹部，從他們身上學習，應該做需要你做的工作，這是比什麼都重要的。

> 你看出了從暴露思想實際來改造思想的實效，我想，你們那裏的工作當是非常堅實的。從這裡，你就接觸到了毛澤東思想的最生動的例子。我希望你更深入下去。文聯等工作，需要你做，當然應該做。不過，不要做得性急，而且，要一面從領導方面和老幹部學習。學校方面，你所得的結論，我以爲是好的。不過，「一切的問題由學生的力量去解決」，恐怕還得加上不懈的教導和經常的幫助，否則，不是一下子可以做到的。再，自己只能管大處，事務要分工，否則，要吃力而又做不好的。也就是你所說的「科學的配置」。

〔註 1〕 李輝《胡風集團冤案始末》，湖北人民出版社 2003 年版，第 89 頁。下不另注。

　　我想，做一個時期，可以走，能夠走，就走，否則，只要工作
關係好，做一兩年也好的。（最難者莫如被人需要，被人所知。）
以上反覆提到「關係」，指的是組織的信任與重用等問題。第一次文代會前後，
胡風在這方面遇到一些麻煩，他認為根源在於「文藝上的負責同志好像是不
信任我的」。出於這個經驗教訓，他多次叮囑阿壟、路翎等人要注意改善與「首
長」的關係。他在此信中特別強調「關係」，也是從這個角度著眼的。他認為，
既然舒蕪在南寧能得到組織的信任和重用，就不妨暫時留下來，不要勉強離
開。第二段「從暴露思想實際來改造思想」是「毛澤東思想的最生動的例子」
一句，是對舒蕪 3 月 13 日信的回應，胡風表示讚同，並鼓勵他堅持實踐下去。
　　在同信中，胡風澴概述了解放初的文壇狀況，描述了本流派的不利處境，
並提出要主動地解決《論主觀》這一「歷史公案」。胡風寫道：

　　大文壇，實在亂得很，幾乎非裝死不可。港派還不放手，上海
新華（港派主持）不賣《掛劍集》，北京在討伐阿壟，何理論家在打
你和我，可想而知。你那裏書店要出書，我把《走向今天》寄還你。
可能時，印一印，如何？因為，《論主觀》是一個大公案，何等、港
派咬定你是為了反對「整風」的反主觀主義而寫的，我發表了它也
是罪大不赦。現在的讀者又看不到你的原文。我想，印出來，平心
靜氣地附一篇文章，加以注釋，引起曲解的加以解答，不足的地方
加以自我批判。這公案遲早要公諸討論的，不如早點印出來（京滬
絕對無可能印），雖然印出來不見得能達於廣大讀者中間，但總可以
使有關方面、關心的人們見到，可作參照。我又想，印出來還可以
給你現在的工作關係的，對思想問題有興趣的幹部們看看。過去，
這些問題苦於不能見天日，我想，只有見了天日，才能見問題的真
相，也可以突進一步。當然，要有頭緒，也許是幾年以後的事，但
盡可能把材料提出來，卻是應盡的責任。好在，現在可以用明白的
話把那含意加以解釋，不像過去提筆時那麼艱難了。你覺得如何？
如能印，我想寫一小文附在後面，解釋我在編後記說那幾句話的心
情和用意。他們一直故意地把那兩句話曲解了又曲解。再，《存在》、
《因果》，如可用，也不妨一道印上去。

信中提到的「港派」，指的是香港《大眾文藝叢刊》同人，解放後他們大都身
居要職，如邵荃麟曾任作家協會副主席、作協黨組書記，林默涵曾任中共中

央宣傳部文藝處副處長，潘漢年曾任上海副市長、統戰部部長，夏衍曾任文化部副部長、中國文聯副主席，周而復曾任中共中央華南局統戰部秘書長，上海市宣傳部副部長。信中提到「北京在討伐阿壟」，指的是阿壟年初發表《略論正面人物和反面人物》（載 1950 年 2 月上海《起點》第 2 期）和《論傾向性》（載天津《文藝學習》創刊號），受到陳湧和史篤的批判，阿壟被迫作檢討之事〔註2〕。信中提到的「何理論家在打你和我」〔註3〕，指的是何其芳 1949 年 11 月為重印《關於現實主義》一書寫序時，在注文裏點名批評胡風在《希望》上發表《論主觀》是「企圖從哲學上來確定這種抽象強調主觀戰鬥精神的理論傾向」，云云。

　　大體上說，1949 年末胡風等人的處境曾有過好轉的趨勢。梅志的童話長詩《小紅帽脫險記》經李亞群（時任《人民日報》副刊主編）審閱、胡喬木（時任中宣部副部長）批准，於 9 月 29 日至 10 月 12 日在《人民日報》連載，胡風認為此詩的發表令「有些詩人頗為快快」。11 月 20 日他的長詩《時間開始了——第一樂章：歡樂頌》也順利地在《人民日報》上發表，他更自得地說：「驚住了一切人」〔註4〕。1950 年初情況有所變化，胡風本想再接再厲地在北京的大刊大報上發表本流派的作品，孰料他的《時間開始了——第二樂章：光榮贊》和路翎的劇本《人民萬歲》先後遭到胡喬木的批評和李亞群的退稿。接著，路翎的短篇小說集《朱桂花》在天津出版受阻，有人批評其中的「軍事代表神經質」。路翎氣憤地罵道：「我簡直到處搞些神經質，他媽的！如果不是我害了病，那就是這個世界在打擺子了。〔註5〕」繼而，阿壟論文中的引文被人抓住毛病，被批判為「歪曲和偽造馬列主義」；幾乎在同時，《文藝報》第 1 卷第 12 期（1950 年 3 月）刊載了關於「新詩歌的一些問題」的筆談，接著何其芳又批評胡風的《光榮贊》中有「敵對情緒和陰暗心理」，批評《歡樂頌》中「對於毛澤東同志的描寫是很不正確的」。不久，胡風的詩集出版又受到延誤。一霎時，胡風覺得「現在情形更奇怪，幾乎我們所碰見的事

〔註2〕　陳湧《論文藝與政治的關係——評阿壟的〈論傾向性〉》，載 1950 年 3 月 12 日《人民日報》；史篤《反對歪曲和偽造馬列主義》，載 3 月 19 日《人民日報》；《阿壟先生的自我批評》，載 3 月 26 日《人民日報》。
〔註3〕　胡風在 1949 年 4 月 19～26 日致梅志的信中提到，《論現實主義的路》「大概要成為很大一件公案」，但未提到《論主觀》。
〔註4〕　胡風 1950 年 1 月 18 日致綠原信。
〔註5〕　路翎 1950 年 1 月 15 日給胡風信。

都是反常的」〔註 6〕。胡風在此信中提到「幾乎非裝死不可」，指的即是他在最近這一階段的「反常」情緒。

然而，遠在南寧的舒蕪此時卻根本沒有感受到文壇上的「反常」，也不覺得「這個世界在打擺子」。至少在沒有收到胡風的這封信之前，他的生活一切正常，感覺也比較好。他成天忙於社會工作，幾乎沒有關注過文壇上的動向，甚至不知道胡風等人曾經歷過這許多波瀾。這也和當時南寧交通不便，看不到新書報有關。胡風此前曾向路翎描述過「以五年為期」「我們會勝利」的遠景〔註 7〕，但他並沒有向舒蕪作過同樣的許諾。一言以蔽之，舒蕪此時完全在文壇之外，也在胡風的「文運」之外。

也許彼此間的境況及心境差別太大，舒蕪當時對胡風信中提出的「歷史公案」似乎不甚在意。胡風信中提到的《走向今天》書稿，是舒蕪的一部文化哲學論文集，收有《論主觀》等 5 篇論文，編成於 1946 年 5 月〔註 8〕，書名是後來取的。同時編成的還有一部雜文集和一部近代思想文選。胡風當年只接受了雜文書稿，而把另兩部擱置了起來。如今，他卻建議舒蕪將論文集「印、印」，並進行「自我批判」，甚至建議拿給「幹部們看看」；並說自己可以附「一小文」，「解釋」曾引起莫大誤會的《希望》創刊號「編後記」中那幾句話。從後來事態的發展中可以看出，胡風此時提出的建議是經過深思熟慮的：他已在試圖剖分「作者」及「發表」者在《論主觀》問題上的不同責任。舒蕪當時似乎並沒有覺察到這一點。

舒蕪收讀胡風的來信後，似乎並沒有受到多大的震動。他在《〈回歸五四〉後序》中寫道：

（當時）在南寧的現實處境中，無論省市哪一級領導，沒有任何人向我提起或暗示過《論主觀》之類的問題。這當然與廣西當時文藝界思想界的工作還沒有真正展開有關，但其時照例也已成立了省市兩級文聯，我都被安置在領導崗位上，在市文聯我還是實際主持（雖然也沒有多少實際工作）的副主席。這又使我還沒有怎麼感

〔註 6〕 胡風 1950 年 3 月 9 日致路翎信。
〔註 7〕 胡風 1950 年 1 月 12 日致路翎信。
〔註 8〕 舒蕪 1946 年 5 月 29 日致胡風信：「論文集編好，就是『主觀』以下的五篇。至於先前的『存在』等三篇不想放進去，你以為如何？茲另卷寄上。」1947 年 5 月 19 日再致胡風：「長論文集，有機會否？」

受到《論主觀》一大公案的現實壓力，不妨先把精力集中於當前當地要我做的工作上面。

出於如上的現實狀況和心境，他在4月6日的覆信中，對胡風重印《論主觀》的建議只附帶著提了一句：「寄的印刷品尚未收到，看這裡能不能出再說吧！」信中仍大談「接近老幹部」時所受到的教育：

你的觀點我都非常同意，意見也極寶貴，所以決定照你的話，至少在這一學期之內把這學校好好辦一下。這裡設有副校長，所以日常行政事務我都可以不管，而專力於整個計劃和政治思想的領導工作上。省市委宣傳部，是經常聯繫的關係，從他們這些老幹部身上，我是天天在學習著的。一個總的感覺是，毛澤東思想真已浸透了整個革命的隊伍，隨時隨處看得到毛澤東思想的化身。比較起我所曾熟悉的抗戰初期的情形，現在的進步是太大了。舉一個例來說，抗戰初期常常見到一些個人英雄主義式的幹部，但現在在這裡，省市各級領袖和幹部也接觸了不少，都還沒有發現一個那樣的「英雄」，都是一些老老實實，平凡誠懇，謙虛坦白，確乎體現了「為人民服務」的精神的平凡的英雄主義者，這一個印象是無時無處而不鮮明的。

信中對「毛澤東思想」的讚頌，是回應胡風3月29日信中的提法；而對「個人英雄主義」的貶斥，卻是舒蕪從社會生活實踐中得到的體會。一年後，他因撰文批判「羅曼羅蘭式的個人英雄主義」與《長江日報》編輯綠原發生爭執，其思想上的變化即起源於此時。

胡風收到舒蕪的覆信後，看出舒蕪的論文集在南寧出版無望，遂借自己的論文集《為了明天》出版的機會，在三千餘字的「校後附記」後面又加了一個五千餘字的「注」（作於4月13日），直接回應何其芳在《關於現實主義問題》的「序」中對他的批評。如果說，該「注」即是原擬附在舒蕪論文集中的「一小文」，大致不會有什麼疑問。我們注意到，「注」幾乎完全圍繞著「發表者」與「作者」的不同責任在作文章。

在「注」中，胡風努力地與舒蕪的《論主觀》撇清關係，指出作者是作者，編者是編者，各負其責。他寫道，作者「謹慎得很，徵求意見，改寫了幾次」，編者「躊躇得很，但最後還是決定發表了。」這番話大體上沒錯，只是略去了他對該文寫作所給予的具體指導。至於「編後記」中那一段備受指

責的話，他解釋道：「當時還記起了一個故事。五四時候，劉半農用王敬軒的假名字在《新青年》上發表了一篇用文言文寫的攻擊新文化運動的文章，接著還是由他自己用本名寫了一篇反駁的白話文，那一齣雙簧戲據說效果很好。所以我要求讀者『不要輕易放過，要無情地參加討論』。」這段話，是胡風的「發表《論主觀》是爲了批判」說的前身。

在「注」中，胡風努力釐清自己「發表」《論主觀》的「錯誤」性質。寫道：「學習是應該的，討論或者也是可以的，但在思想上沒有絕對把握之前（現在都還沒有任何把握），卻貿然地發表了，想引起討論，而且是公開的群眾性的討論，這是犯了自由主義的錯誤。想到劉半農的故事，那是犯了『時代錯誤』的錯誤。」編者對刊物編發的論文沒有「絕對把握」，這是經常發生的事情。但胡風與《論主觀》的關係卻不能這樣看，這篇稿子從初稿、修改、定稿，到選擇發表時機及估量發表後果，編者與作者的蹉商始終未間斷，前後歷時近一年。若還說這是「貿然」，顯然沒有什麼道理。至於「自由主義」，順便提一句，1954 年胡風撰「萬言書」時，給自己戴上的也是這頂帽子。

在「注」中，胡風還借用了一句西洋諺語「取木乃伊的人反而自己成了木乃伊」，取笑何其芳無來由地混淆了編者與作者的區別。其意有二指：一，編者是「取木乃伊的人」，而作者其人其文是「木乃伊」；二，編者不一定讚同作者的觀點，正如「取木乃伊的人」不會因此變成「木乃伊」。說實話，這個取譬相當有趣，也相當有用，不明眞相的讀者很容易對編者產生同情。

在「注」中，胡風甚至還有意敲定《論主觀》的「錯誤」，並暗示作者已經認識到了該文的「錯誤」，且在幾年前就有了「自我批判」的意願。他是這麼寫的：「照我所知道和理解的，作者實在不是存心要公開地『直接違反無產階級的學說』，在『主觀想法』上倒反而是爲了學習無產階級的學說的。現在，大概誰都忘記了有過這麼一篇文章，更不論那具體的內容了，眞是所謂『過者化也』。大概是前年罷，作者把這一篇和另外幾篇集了起來，想印一印作爲批判的材料，但沒有可能印出。現在也沒有可能，而且也似乎沒有必要了。」第一句說的是作者主觀動機與文章客觀效果分離的問題，這對舒蕪來說是非常不利的，等於默認了何其芳等對《論主觀》的批判。第二句只是爲了引出最爲關鍵的第三句，胡風說舒蕪編選《走向今天》是「想印一印作爲批判的材料」。前文已經述及，該論文集是舒蕪於 1946 年編定的，當年便寄給胡風的「希望」社。胡風說「前年」，指的卻是 1948 年，即香港《大眾文藝叢刊》

開展對「主觀論」批判的那年。那時舒蕪正在胡風的鼓勵下構思反擊文章，還不可能認識到《論主觀》的「錯誤」呢！他怎麼會有把《論主觀》重印以「作為批判的材料」的可能呢？！這只能說明，至遲在 1950 年 4 月 13 日（即胡風撰《為了明天》「校後附記」的那天），胡風已經決定要徹底甩掉舒蕪及《論主觀》這個歷史包袱了。從此，他將緊緊地抓住「發表《論主觀》是為了批判」說，不管舒蕪有何想法。

1950 年 7 月 11 日胡風致信舒蕪，信中再次問及是否收到寄出的書稿，並對舒蕪久不來信表示詫異。附帶提一句，這是胡風寫給舒蕪的最後一封信。

7 月 21 日舒蕪才有信覆胡風，他寫道：

> 風兄：
>
> 　　昨接十一日信，從昨天起，參加省教育會議，一連十天。這半年來，一直忙於開會，平均每天一會，五月份和七月份尤多，記得前一個星期天一天五個會，前天又一天四個會，真是不可開交。本想暑後離此北上的，和昏駝高羽都通了幾次信，但這裡省委堅不放走，同時沅芷又要在八月間生產，只好再留一學期了。
>
> 　　參加了省文聯籌委會，周鋼鳴任主委（還有胡明樹和秦似都是籌委），又負責市文聯籌委會付主委，都才開始，還沒有做出什麼來。
>
> 　　雪葦的《論文學的工農兵方向》，看過沒有？我覺得還很不錯。看了它以後，得了一點啟示，打算寫自我批評又兼解釋的文章一篇，只不知何時可寫得起來。你有何意見？
>
> 方管頓首拜
> 1950，7，21

從信中可見出，舒蕪近幾個月來一直在忙於社會工作，職務多，會議也多。他的處境並未因胡風提到的「歷史公案」受到絲毫影響。其次，他似乎無意去東北「開闢工作」（胡風語），北上的計劃已暫時擱置。此外，他開始重新關注文藝界的動向，參與省市文聯領導工作也許是一個契機，他為了工作的需要已經開始閱讀這方面的書籍了。信中提到雪葦的《論文學的工農兵方向》，並認為「很不錯」。雪葦是胡風左聯時期的戰友，抗戰初去延安後尚有聯繫，解放初位居上海文藝領導層，被胡風譏為「猛人」之一。由此也可見出，舒蕪此期對「胡風派」解放初的「愛愛仇仇」的關係已缺乏瞭解，可以說完全是個「局外人」。

　　更爲重要的是，他在信中稱，受到了雪葦著作的「啓示」，「打算寫自我批評又兼解釋的文章一篇」，這是對胡風 1950 年 3 月 29 日來信的回應。胡風在那封信中敦促他，對於《論主觀》問題，「平心靜氣地附一篇文章，加以注釋，引起曲解的加以解答，不足的地方加以自我批判。」他此時開始構思了，但持以成論的理論基礎將不再是胡風的理論觀點，而是主流文藝思潮，這倒是一個不能忽略的重要變化。

　　就這樣，居於南寧一隅的舒蕪在胡風的提示下恍然意識到身上還背負著《論主觀》的「歷史公案」，他主動或被動地重新涉足所曾關心但不熟悉的文藝領域；就這樣，處於「改造者」位置的舒蕪忽然被胡風驚醒，省悟到自己也有著被別人「改造」的可能性，不得不考慮「最好自己早點提出來，運用毛澤東思想來解決」的問題〔註9〕。他選擇了雪葦的《論文學的工農兵方向》作爲「自我批評又兼解釋」的理論參照，就是選擇了時代，選擇了主流，當然也就是告別了昨天，告別了長期困擾著他的「失敗的美」（陳家康語）。

　　胡風沒有覆信，也許他從這封信讀出了什麼，從此便與舒蕪斷絕了通信往來。

〔註9〕　《〈回歸五四〉後序》。

3 「暴露思想實際」的後果

　　雖然舒蕪在 1950 年 7 月 21 日給胡風的信中寫道：「打算寫自我批評又兼解釋的文章一篇。」但其後幾個月，由於事務太多，他還抽不出時間來寫。

　　這年暑假期間，南寧市委又舉辦了一期「青年學園」，規模比年初更大，參加學習的人員更多，地址就設在南寧中學裏面。市委宣傳部長擔任主任，舒蕪被任命為主持日常工作的副主任。「學園」類似於「青年幹部學習班」，是對青年幹部和青年學生進行政治教育和思想培訓的形式。解放初，這種臨時機構在各地都有開設，只是名稱不同而已。學習的內容貼近當時政治運動或社會運動的需要，具有「思想改造」的性質。他在這期「青年學園」裏得到了更多的提高領導藝術的機會，他「更加系統地學到了做思想政治工作的方法，也學到一整套應該向青年灌輸的理論」〔註1〕。在每一個專題學習完成之後，他都要代表主辦單位寫一個總結報告。

　　在關於「勞動改造思想」問題的總結報告中，他寫道：「勞動可以克服小資產階級知識分子的自由散漫、個人英雄主義、浮而不實，好高騖遠、粗枝大葉、急性病等等不正確思想。」對知識分子的貶抑，固然是當時的政治流行語，但出自舒蕪的嘴裏，意義又有所不同。前文已經述及，他在 5 年前就曾向胡風請教過「知識分子」與「有知識的人」的區別〔註2〕，結論是「戰鬥的個人主義者」可以自然地通向「集體主義」，而「（舊）知識人」則是容易崩潰的；胡風同意他的觀點，更進一步地闡明知識分子（作家）能夠通過「創作實踐」完成自我。如今，舒蕪卻衷心服膺「（體力）勞動」之於知識分子「改造」的作用，這種觀念顯然是剛「學到」的。

〔註 1〕 《舒蕪口述自傳》第 216 頁。
〔註 2〕 舒蕪 1945 年 12 月 22 日致胡風信。

在關於「學習方法與思想方法」問題的總結報告中，他特別推崇「小組討論」，反對「個人學習」，並提高到以集體主義反對個人主義的高度。他斷言，「古今中外，嚴格說來，都沒有絕對的個人學習」，而「小組學習才可以掌握全面。而全面地看問題，就是最重要的」。這種觀念如果出自其他人之口，倒也沒有什麼。但舒蕪則不同，5 年前他曾因撰寫鼓勵獨立思想探索的《論主觀》而肇禍，4 年前還曾撰文指出：「學術上的民主精神，就是要在謙遜的聽取別人的意見而外，還要勇敢的保衛自己的發言權，勇敢的保衛別人的發言權，勇敢的保衛整個的學術民主。〔註3〕」當然，這是在理論上，而在實際生活中，他是始終非常嚮往「集體主義的方式」的。有此前因，舒蕪走向「集體主義」是很自然的。

不管怎麼說，舒蕪既有「改造者」的社會生活實踐，他的思想觀念就不能不日益依附於「集體主義」的原則，況且他尊敬的胡風也讚同他通過這種形式去接觸「毛澤東思想的最生動的例子」。自覺或不自覺地，他已開始與昨天告別。數十年後，他在《〈回歸五四〉後序》中對這段社會生活實踐進行了反思，寫道：

> 我在這些工作中，反覆體會到，學習毛澤東思想來改造小資產階級思想的核心問題，就是用集體主義反對個人主義。我相信應該這樣改造別人，也相信應該這樣改造自己。我反覆思考：解放前我宣揚的個性解放，究竟對不對？我用毛澤東思想來看，站在改造者的立場來看，從政治領導組織領導的角度來看，日益覺得它不是什麼好東西，在實際工作中起不到好作用，非「國家百姓人民之利」。
> 我日益失去自信，日益動搖著。

當年，也許並不只是他一人有這種經歷，有這種思想上的轉變。

1950 年 9 月 21 日，處在「日益失去自信，日益動搖著」狀態中的舒蕪從南寧啓程赴北京出席中蘇友好協會全國工作會議。這是他解放後第一次走出廣西，第一次到新中國首都北京，第一次參加全國性的會議，第一次有機會與分別近兩年的師友們重逢，他渴望著能與他們交流思想，獲得教益，汲取力量，他甚至渴望著此行能說服他人或被他人說服。

舒蕪當年記有「北行日記」，錄數則如下〔註4〕：

〔註 3〕 《知識青年向學者們要求什麼》，《舒蕪集》第 1 卷第 319 頁。
〔註 4〕 拙著所摘引的舒蕪日記片斷皆出自《〈回歸五四〉後序》。下不另注。

9 月 21 日（廣西遷江）：自己覺得，解放前後實在是大有不同，
解放前摸索苦惱的東西，解放後大概都開始解決，究竟是實生活的
不同了。

9 月 22 日（廣西大塘）：飯吃完後，各處走走，忽然想這樣荒
僻的小地方，也一樣派有幹部工作，部隊駐防，如果大家都鬧崗位，
都要到首都或東北去，真不行。

9 月 25 日（湖北武漢）：上午十一時到漢口，補加快票，知車
四時行，往訪綠原，不在家，他愛人留我吃飯，我看他們未有準備，
謝絕了，跑回車站來，吃了一頓客飯，就在站上等車。將要上車時，
綠原趕來，在車上談了二三十分鐘，略知文化界大勢，甚愉快。他
說胡風正在京談什麼。他約我寫點稿，談文藝思想改造的，我決計
要寫。

9 月 26 日（河南鄭州）：剛過北岸，有一個堡壘上還寫著紅色
大字標語：「打過長江去，解放全中國。」這大約還是去年寫的。那
時，我們的心也正望著這裡，想著這句話，但僅一年，我現在就從
粵江過長江又過黃河，親眼看見它了，這是人民的會師，這是歷史
的期望。記得解放前，曾深感不能自由地走來走去之苦，並預期解
放後定可自由地走來走去，現在果然證實了。這樣走一趟，真正感
到中國之大，如在歐洲，該已走過幾個國家。

「日記」中除了洋溢著的自豪感和責任感之外，看不出有任何陰影。武漢的
一則尚有餘味，他結識了「胡風派」的一個重要成員綠原（時任《長江日報》
文藝組長），並由此與《長江日報》結下了不淺的緣份。綠原結識胡風的時間
大致與舒蕪同時，但他與胡風的文字之緣早於舒蕪。早在 1939 年他就向《七
月》投過稿，1942 年「七月詩叢」第一輯收入了他的詩集《童話》，抗戰後期
胡風發動討伐「主觀公式主義」和「客觀主義」的戰役，綠原是成都「方面
軍」的重要成員之一，但他在《呼吸》上發表的幾篇文章卻沒有得到胡風、
路翎等的好評，胡風批評其「存驕縱之心」、「輕敵之至」，有違「戰略的要求」；
路翎則批評他沉溺於「知識分子式的厭惡和高傲的感情」之中。不過，胡風
並未因此疏遠這位小老鄉、激情的青年詩人。

舒蕪於 9 月 27 日抵達北京，10 月 1 日在天安門觀禮臺上參加了國慶大典。
在諸朋友中，只有他和胡風曾享受過這樣的光榮。

在北京期間，他與新知舊雨（路翎、歐陽莊、魯藜、魯煤等）相聚，暢談之餘，別有感慨。他在日記（10月2日）中寫道：「聽他們談，京中情況，原來如此，大吃一驚，不再想來了。他們的生活，又是一種，與廣西所過，大不相同。在他們，還是有些清談，嘲笑。又是什麼這個約談，那個約談，還要思考應付，諸如此類。」

他與老友路翎有過單獨的長談，談分別後的經歷，談目前的工作和生活，也談到對《論主觀》錯誤的新認識，對方似有點不以為然〔註5〕。他沒有看出路翎的反感，在日記（10月3日）中寫道：「談得頗有收穫，內容一部分是關於我過去工作與生活的檢討，一部分是「從現有的基礎上提高」。

他也與胡風有過單獨長談，第一次上門未見著，第二次是事先寫信約好的〔註6〕。他覺得談得還好，在當天的日記（10月5日）中寫道：「下午，找胡風談，和與路翎所談相同，徹底檢討過去，真有『放下包袱』之感。過去對於五四的態度，胡風說有些『五四遺老』的味道，頗有道理。」

他還在胡風的安排下與喬冠華、陳家康等重慶時期的舊識見了面，他在當天的日記（10月14日）中寫道：「中午，去世界知識社，賓符、南喬、家康、胡風、路翎同吃飯，亂談一通而去，很像外交宴會。」

此次與朋友們的重聚，留給舒蕪記憶深處的印象大體上可以用「陌生」和「疏遠」兩個詞來概括，解放後近兩年來不同的社會生活體驗、不同的社會位置上的經歷，已使他們之間甚少共同的語言。他與路翎、胡風先後兩次的單獨長談特別值得注重，其主要內容都是「關於我過去工作與生活的檢討」和「徹底地檢討過去」。雖然在他看來，他所採取的是胡風曾給予高度評價的「暴露思想實際」的方式，效果似乎也不錯（他覺得對方「好像是基本上同意我的檢討似的」），甚至有「放下包袱」之感。卻不料胡風、路翎說的是敷衍話，他們沒有想到舒蕪真的會「暴露思想實際」，而且如此的「徹底」。

〔註5〕 路翎1950年11月27日致綠原：「管兄……的身上確實是有比較多的他的那一情況的教條主義的」。《路翎致友人書信》，載《新文學史料》2004年第4期。

〔註6〕 舒蕪1950年9月26日致信胡風，寫道：「胡風兄：今晚主要的是來找找，覺得有許多問題要談，務必約時談談。你何時離京，我們可否同車赴滬？想看魯迅故居一次，你能帶我去看看麼？附上南寧青年學園小刊三頁，供消閒時翻翻。管」

　　此次與舒蕪的重逢，留給胡風、路翎的印象大體上也可以用「陌生」和
「疏遠」來概括。路翎發現他新增了「教條主義」的傾向，胡風則發現他的
言談舉止中有「五四遺老」的味道，覺得他像是個剛爬上某種社會地位的「小
貴族」〔註 7〕，滿身的「改造者」或「領導者」（至少是輔助改造者、輔助領
導者）的派頭，心中不由得泛起幾絲厭煩之感。

　　1954 年胡風在「萬言書」中曾述及與舒蕪此次見面的情景，他寫道：

　　　　一九五○年冬他（指舒蕪）來北京開會，還是想我介紹他到北
　　京來工作，意思頂好是做理論工作。閒談的時候，他對「毛澤東思
　　想的化身」的老幹部取了嘲諷的態度，而且對於一些工作方式也取
　　了尖刻的嘲笑態度。我感到失望。他走了以後，和路翎同志談到他，
　　才知道了他在四川參加過黨，因被捕問題被清除出黨以後表現了強
　　烈的反黨態度的情況。這齣乎我意外，怪路翎同志也來不及了。過
　　後回想，才明白了他的一些表現並不簡單是一個封建家庭子弟的缺
　　點和自私的欲望而已。〔註 8〕

一次普通的交往，當事者的所述竟如此不同，不能不使研究者大掉眼鏡。舒
蕪日記分明寫道「京中情況，原來如此，大吃一驚，不再想來了」，而胡風卻
說「（他）還是想我介紹他到北京來工作」。舒蕪日記分明寫道「在他們，還
是有些清談，嘲笑」，而胡風卻指責是他在「嘲諷」老幹部。二說必然有一為
假，在此不欲深辯。

　　如果相信胡風以上回憶是真實的，那麼應該說，此次與舒蕪的重逢，給
他們帶來的印象應是「憎惡」和「仇視」。然而，當時的狀況並沒有嚴重到這
種程度。就路翎而言，他只是覺察出舒蕪有著徹底否定自我的傾向，這還不
足以促使他非向胡風揭發其「政治歷史問題」不可。附帶說一句，如果舒蕪
真有如此重大的政治歷史問題，他是「逃」不過解放後歷次政治運動的，但
他並沒有因此受過「審查」。從這個角度看，胡風此說除了產生陷路翎於「不
義」（「賣友」或「洗手」）的客觀效果之外，沒有其他更合理的解釋。

　　舒蕪於 10 月 16 日離京，臨行前北京的朋友們為他餞行，晚上他還專程
到招待所向胡風告別。胡風在 15 日的日記中有記載：「魯煤請方管、路翎等

〔註 7〕　胡風 1952 年 6 月 9 日致路翎信。
〔註 8〕　胡風「萬言書」之《關於舒蕪問題》，收入《胡風全集》第 6 卷第 324～331
　　　　頁，下不另注。

吃午飯……（晚）方管來，他明天回去。」此亦可證，那時胡風、路翎等並未視其爲政治上的異己份子。

舒蕪是懷著與朋友久別重逢的喜悅及新的思想收穫踏上歸程的，在漢口換車時因事多呆了幾天，他抽空給胡風寫了一封信，其言辭間依然表現出流派中人特有的愛憎情緒，其感情的傾向性一如往昔。全信錄如下：

風兄：

別後次日（十六日）下午七時半離京，十八日下午二時半到漢口。訪綠原，本擬住一夜，十九日繼續行程。但忽被長江日報編委黎辛（魯藝學生，綠原的直接上級）所發現，於是來「統戰」一番，要我再住兩三天，並通知了中南文聯黑丁。這樣，只好住了下來，訪黑丁，並索性晉謁中南宣傳部副部長熊復。在黑丁談話中，他說，他們要找你來搞中南文聯，聽了甚爲奇怪。今天，熊復、黑丁又請吃飯，陪席者盡是高級官員，陳荒煤，崔巍，陳亞丁（皆中南一級文化頭兒）等，可是他們談笑風生，大談越劇馬戲大力士之類，與我終席不交一語，頗爲奇妙。席上，黑丁忽突如其來的問荒煤：「胡風要來參加土改，是不是？」荒煤說：「是的。我和他說好了。」黑丁又轉向熊復報告，熊復假作不知，說：「啊！那很好！歡迎歡迎！」然後談話即轉入別的方向，非常生硬。這就是在漢口所遭遇的情況，寫供你參考。

據曾卓說，《爲了明天》在這裡銷路極佳，一到就賣光了。

我明天下午離漢。

匆此，即致

敬禮！

管（1950）21／10

此信中稱「中南文聯」諸領導接待和宴請爲「統戰」，並非無的放矢。據當事人黎辛回憶：「爲做舒蕪的工作，中南局宣傳部除向舒蕪工作的廣西壯族自治區宣傳與文藝工作負責人打招呼外，舒蕪凡到武漢，中南局宣傳部主管文藝的副部長熊復或劉祖春都要邀見，中南文聯還宴請過他，他們對舒蕪的印象是好的。〔註9〕」信上又稱他們「與我終席不交一語」，可見這只是一般的「統

〔註9〕 黎辛《關於「胡風反革命集團」案件》。

戰」，並非有特別的任務。換言之，當時中南局宣傳部似乎還沒有動員舒蕪「反戈」的明確意圖。

其實，中南文聯領導這次宴請舒蕪，不僅因為他是「胡風派」的骨幹，更因為舒蕪是中南文聯（籌）屬下的地區負責人之一。中南各省相繼解放後，成立了中南大區（含湖北、湖南、廣東、廣西、河南、江西，武漢、廣州六省二市），原華中文聯籌委會改為中南文聯籌委會。1950 年 2 月召開中南區文藝工作者會議，改選了籌委會機構。1951 年 11 月，召開中南區文學藝術界工作者代表大會，正式成立中南文聯。舒蕪這次路經武漢，正值中南文聯（籌）機構改選之後、中南文聯正式成立之前，他身為廣西省文聯（籌）常委、研究部長和南寧市文聯籌委會副主任，得到上一級領導部門（「東道主」）的接待應該是很正常的。

據綠原回憶，散席後，他還與舒蕪一起分析過中南文聯幾位領導話中的「深意」，話題自然是關於胡風。當時，他對舒蕪尚無惡感，儘管他從路翎寄自北京的信中瞭解到這位新朋友有點「教條主義」，但他並不覺得有什麼不對。所謂「教條主義」，大概指的是滿口的政治術語罷，舒蕪當時做的是改造人的工作，當然比較熟悉，綠原在報社工作，每天接觸的也都是這些詞彙，應是見慣不驚了。

舒蕪將這次小聚的情況如實地告訴給胡風，就像過去經常做的那樣。但胡風仍然沒有回信。

4 「至少能夠使舒蕪先生也能說話」

1950 年 10 月 26 日，舒蕪順利返回南寧。當天寄胡風明信片報平安，寫道：「漢口所發一信，不知到否？二十二日離漢，二十八日安抵南寧。但路途上其實並不很安，自柳州至南寧公路上，時有……」

胡風於 11 月 8 日下午收到這封信，仍沒有覆信。當天上午他應胡喬木之約去中南海談話，商談工作安排問題，「談了約一小時，胡（喬木）問了他寫人物記的情況，提到還是要先工作起來；（周）總理是想同他談的，但要找出充分的時間來談，讓他再等等。最後，胡（喬木）和他約好，以後再談。〔註1〕」他沒有給舒蕪寫回信，也許是由於心情不佳的緣故。

舒蕪沒有等到胡風的覆信，心中似有所感。四天後（10 月 30 日）寫信給路翎，並請路翎將此信轉給胡風一閱。全信如下〔註2〕：

> 翎兄：
>
> 　　別後，在漢口和到家後各寫一信給胡風，想都看見。此行自覺尚有收穫，「思想上提高了一步」，因此決定了回來之後還要加緊工作，改正解放以來的無為。自解放以來，這種無為狀態，一方面固然也幫助我突破過去的文化圈子，可以從較寬闊的角度來看清自己，看清問題；但另一方面，在思想鬥爭的意義上，又未嘗不含某種逃避的心情和作用。這前一方面，是一向自覺到的；而後一方面，只是在這趟和大家說了幾回之後，才發現出來。在漢口時，綠原力勸我要動筆，說了許多道理，我覺得也是。試看今之官們，都是不

〔註 1〕 梅志《胡風傳》第 581 頁。
〔註 2〕 轉引自李輝《胡風集團冤案始末》第 89～90 頁。

動筆的，或是十幾年前動過筆的，何其可笑！但當然，也要緊防「文化」之捲土重來。

綠原和曾卓談了許多前些時在漢口所流傳的關於胡先生的謠言笑話：有人說，他在家庭裏是個暴君，寫文章反封建，而對妻兒卻是十足封建，開口就罵，動手就打，自己養尊處優，置妻兒凍餒於不顧，云云。又有人說：重慶有一次座談會，會上說起你的作品，大家都說不好，只他一人說好，於是他拂袖而去，一直跑到你家，坐下來就拍桌子，一面拍，一面向你說，「你寫！你寫！！你寫！！！……」氣得別的話都說不出來，云云。又有人在報紙上發表封侯掛帥的名單時，拿了報紙給綠原看，說：「你看，胡風竟然一個名字也沒有，多難為情呀！其實，以他的鬥爭歷史，只要他稍稍謙和一點，決不會搞到這個樣子的。」云云。又有人說：什麼是胡風思想？很簡單，就是專講技巧。又有人說：胡風派文學，乃是非黨的文學，所以黨不能放心。又據說，《論主觀》一發表時，有人請教艾思奇，艾說：「這很簡單，只要看題目，就知道是主觀唯心論的。」還有許多，花色繁多，不及備載。不過又據說，近些時候來，比較少聽到了。

此信便中請給胡風先生一看。

敬禮

管 10 月 30 日

信中談的全是胡風，卻要讓路翎轉，似可見出舒蕪當時已意識到自己在胡風心目中的地位。信中第一段寫的是他在北京武漢諸友的勸告下，決定「改正解放以來的無為」。所謂「無為」，指的是近兩年來在思想文化方面無所撰述的狀況；他檢討了自己曾有過的「某種逃避的心情和作用」，決定重返「文化圈子」，再次投入「思想鬥爭」。這些話當然都是說給胡風聽的，他過去經常在信中向胡風作類似的自我批評或表白。信中第二段全是轉述從綠原和曾卓聽來的關於胡風的傳言，難為他轉述得如此生動。信末特別提出「便中請給胡風一看」，別有深意。從整體上考察，似乎可以判定此信是一封「陳情書」，表達了他願意繼續追隨胡風投身於文化思想建設的「事業」的願望。只是，信中對如何改變「無為」狀態，以何種姿態重新投入「思想鬥爭」，並未作具體的說明。

　　然而，某些研究者卻從這封信中讀出了別樣的訊息，並將其視爲舒蕪與胡風交往過程中的「轉捩點」。李輝這樣寫道：「不能說一封信就能展示人的內心深處，但這封內容豐富的信，透露出舒蕪沉默一年的苦悶。他自己已經感覺到突破過去文化圈子的必要，他決定改變『無爲』的狀態。〔註3〕」然而，這裡卻有一個疑問，如果舒蕪此信不是爲了彌補或修復與舊友關係的裂隙，他何必要寄給路翎，又何必要轉給胡風看呢？綠原在《胡風與我》一文中也曾涉及對這封信的評價，他寫道：

> 1950 年間，舒蕪第一次路過武漢，去北京參加中蘇友協的什麼會（他當時在南寧是文教界知名人士之一），返途中到長江日報社找過我。我雖是第一次和他相晤，卻對他表示了一個老朋友的情誼，並介紹他認識了曾卓。我們在一起談得很投機，特別對胡風當前的處境十分關心。當時，他總結北京之行的見聞說，「胡風在北京很寂寞。」我們則把在武漢聽到的一些關於胡風的流言蜚語告訴他——後來他把這些閒話寫信告訴了路翎，這封信頗能反映他作出重大決定之前的黯然心情。〔註4〕

綠原時任中南區黨報的文藝組長，深知舒蕪當時已屬「知名人士」，有的是自我表現的機會，並不存在什麼「沉默一年的苦悶」。舒蕪所說的「無爲」，指的只是在文化思想界無所建樹的狀態；如果說他將作出什麼「重大決定」，那只能是聽從朋友們的勸告，重新「動筆」寫文章而已。細讀此信，「黯然心情」倒未見出，「躍躍欲試」似更恰當。

　　路翎接到這封信，肯定會轉給尚在北京的胡風。胡風於當年 9 月應《人民日報》邀請來北京採訪全國英模大會，會後並未馬上返滬，而在北京一直呆到翌年 2 月初。他所以呆這麼久，主要是與中宣部領導商談工作問題，並等待周恩來的約見。工作問題遲遲沒有得到解決，約見也未實現。他肯定從舒蕪給路翎的這封信中讀出了對方即將「上壇」的信號，天知道這個「書生」下一步會做出些什麼事來！但他還是沒有給舒蕪覆信。

　　當然，這並不是胡風不願再與舒蕪聯繫的根本原因。1948 年年末他寫完《論現實主義的路》後赴港，曾向馮乃超表白過他的「三不主義」：「不寫理論文章，不當編輯，不擔負文藝團體的職位。〔註5〕」這話雖然有些負氣，也

〔註 3〕　李輝《胡風集團冤案始末》第 90 頁。
〔註 4〕　《我與胡風——胡風事件三十七人回憶》第 530～531 頁。
〔註 5〕　梅志《胡風傳》第 550 頁。

未為後來的事實所證實，但卻委婉地透露出他不願再因「理論文章」而肇禍的真實想法。1949 年到東北解放區後，他發現文藝道路荊棘叢生，從此很少再就理論問題公開發表意見了。第一次文代會前後，他更確定了在解放初的政治氣候下，與其介入敏感的思想文化（包括文藝理論）領域，倒不如追隨時代潮流作積極的正面的表現。早在 1949 年上半年杭州剛解放的時候，胡風就致信路翎阿壟等，提請同人少寫或不寫理論文章——

　　　　（1949 年 5 月 19 日致路翎）「解放前後，來時一路上，可能時寫一點積極内容的東西，表現要明朗一點。」

　　　　（1949 年 5 月 30 日致路翎）「（一）要寫積極的性格，新的生命；（二）敘述性的文字，也要淺顯些，生活的文字；（三）不迴避政治的風貌，給以表現。我想，做到這些是不難的。」

　　　　（1949 年 6 月 6 日致阿壟）「刊物，能弄最好，但不必弄具體理論批評，只就政治要求上去擴大號召罷。」

　　　　（1950 年 4 月 16 日致綠原）「數月前，我勸他（指阿壟）不要寫論文他還一點也不注意呢。」

一句話，勿以創作觸犯主流理論，更勿以批評文字觸犯政治。這裡有「利害」、「難易」之辯，也有「經」、「權」方面的考慮，胡風統稱為「付代價」。自 1949 年初進入解放區以後到現在，胡風本人就是這樣做的，他既沒有寫過理論方面的文字，也沒有寫過批評方面的文字〔註6〕。他寫得最多的是頌歌，無論是長詩，或是報告文學，都迴響著一個主旋律：「時代是偉大的，人民是偉大的，祖國是偉大的，暖起我們這一點可憐的血溫吧。〔註7〕」

　　然而，並不是所有的朋友都能理解胡風的苦心。譬如阿壟，他就不聽胡風的勸誡而自行其是，兩篇理論文章引出麻煩後，他沒有等待胡風提出善後意見，便匆忙地在《人民日報》發表了公開檢討。此文一出，流派中人就完全喪失了轉寰的餘地。路翎責其有「頹喪退陣之意」〔註8〕，而胡風則譏之為「裝死躺下」〔註9〕。後來，阿壟才在朋友們的刺激下重新振作了起來，「糾

〔註 6〕　胡風 1949 年 4 月 19～26 日在致梅志的信中提到，《論現實主義的路》「大概要成為很大一件公案」。
〔註 7〕　胡風 1950 年 1 月 18 日致綠原信。
〔註 8〕　路翎 1950 年 3 月 16 日致胡風信。
〔註 9〕　胡風 1950 年 4 月 16 日致綠原信。

纏」著《人民日報》不放〔註 10〕。一言以蔽之，胡風因年初阿壠「引文」事件的刺激，也無意再倚重舒蕪這樣的理論人才了。

舒蕪已被胡風所冷落，無從瞭解胡風戰略思想的轉變。他以為胡風真的希望他出頭來澄清《論主觀》問題，卻不知對方已借《為了明天》「校後附記」的機會「金蟬脫殼」了；他以為胡風真的讚同他以「暴露思想」的方式重新參與思想文化建設，卻不知對方只是在虛意的敷衍他；他以為胡風仍如以往一樣「以天下為己任」，理論是非一定要公開爭辯清楚，卻不知對方此時更熱衷於迎合某方面的需要了。

當年，在胡風的青年朋友中，存在著舒蕪這種誤識的並不是一二人。譬如張中曉，當時困居於紹興的一位小青年，1950 年初剛與胡風建立了通訊聯繫，年底（11 月 15 日）便在信中貿然地向胡風提出如下建議：

> 我希望你能把舒蕪先生的《論主觀》等設法印一印。假如不從整個文化運動著手，光是文藝是比較不能奏效的。群眾假如被這種機械論的思想方法佔據下去，實在無法龐大的匯合起來，生發起來的。譬如《生活唯物論》是一本非常切實的書，現在是非常需要。現在，熱情時間已過去，是非常需要這類切實的書的。正如舒蕪先生所批評的一樣，大多數的追求者本來並不怎樣強，全靠切實的書誘發他們起來。尤其是文藝，真假之間一張紙！

> 照我底想法，總該在整個思想領域上發動，至少能夠使舒蕪先生也能說話，不然，假如讓機械論獨佔下去，即使有偉大的作品出世，人們也是沒有力量感受的。現在似乎是舊趣味加機械論最吃香的時候，無論任一領域！〔註 11〕

張中曉的出發點如胡風創辦《希望》雜誌時一樣，「假如不從整個文化運動著手，光是文藝是比較不能奏效的」，問題的癥結看得何等清楚；「總該在整個思想領域上發動」，戰略思想何等明晰；「至少能夠使舒蕪先生也能說話」，對舒蕪之於流派的地位和作用判斷得何其準確。殊不知，胡風此時的觀念已有所變化，他考慮的最多的並不是「文運」，而是應否「移家北京」的現實問題

〔註 10〕 參看筆者《阿壠「引文」公案的歷史風貌——羅飛〈為阿壠辯証〉一文讀後》，載《粵海風》2006 年第 6 期。

〔註 11〕 路莘整理《張中曉致胡風書信》，載《新文學史料》2005 年第 2 期。下不另注。

〔註 12〕；他何嘗不想「在整個思想領域」上發動，但時也不利，勢也不順，阿壟一說話便肇禍，怎敢再讓「舒蕪先生也能說話」。胡風的覆信已佚，但他沒有對張中曉的建議作出積極的回應是可以肯定的，張中曉此後信中不再提起舒蕪，似也可為佐證。

如前所述，舒蕪此前並沒有在思想文化界再「說話」的念頭，他的各項社會職務已經夠多了。返回南寧以後，更忙得不可開交，似乎也無暇在報刊雜誌上「說話」。他曾回憶道：「1951 年整個兒都在忙忙碌碌中度過。」他忙些什麼呢？——

> 除傳達貫徹中蘇友協會議決定外，立即投入抗美援朝宣傳工作。我原是南寧市保衛和平委員會副主席，至此，會名改為保衛世界和平反對美國侵略委員會，簡稱抗美援朝委員會，我做的工作是講話、播音、做報告、起草宣傳提綱等等。接著，收繳民間槍枝運動、鎮壓反革命運動、城市民主改革運動、土地改革運動等等⋯⋯我要在南寧中學內領導開展這些運動，還要參加省市兩級的這些運動，有些還由我具體主持。（《〈回歸五四〉後序》）

忙固然是忙，1951 年初他還是開筆了。從元月底到 3 月下旬，他陸續在中南大區機關報《長江日報》發表了如下的隨筆：

《保衛文化》，載 1 月 23 日《長江日報》「大眾園地」

《「死者在喊叫」》，載 1 月 24 日《長江日報》「大眾園地」

《不許再有「日本鬼子」》，載 2 月 10 日《長江日報》「大眾園地」

《多數與少數》，載 2 月 18 日《長江日報》「大眾園地」

《世界人民是一家》，載 3 月 2 日《長江日報》「大眾園地」

《訴諸生活，訴諸人民》，載 3 月 5 日《長江日報》「大眾園地」

以上隨筆內容，或呼籲世界和平，或反對美帝扶植日本，或聲援抗美援朝運動，大都與他當時所兼的社會職務有關（南寧市保衛和平委員會副主席和南寧市中蘇友好協會副主任），既切合形勢，又有知識含量，頗具特色。

〔註 12〕1951 年初胡喬木與胡風談話，讓他從三個職務（都在北京）中擇一，胡風猶豫未決。1951 年 10 月 4 日他在致梅志的信中卻又提到：「我想，明天給秘書信求見，如見面，就提出移家北京」，「在暗角角里打亂仗不如在堂屋裏打亂仗」。

　　這年的 2 月間，他寫了兩篇比較重要的理論文章：一篇題爲《怎樣學習
〈實踐論〉》，另一篇題爲《文藝實踐論》。前者只有千餘字，是輔導群眾學習
《實踐論》的體會，很快便在《長江日報》（3 月 22 日）上發表；後者長達萬
言，是學習《實踐論》並用以闡釋毛澤東文藝思想的論文。他把這篇長文寄
給新結識的朋友、中南大區機關報《長江日報》文藝組組長綠原。綠原收到
稿件後，心裏有點犯嘀咕，於 2 月 3 日致信胡風，寫道：

> 　　我知道，這篇文章不容易發表，首先因爲《實踐論》發表不久，
> 這裡的大員都還沒有寫文章，不會讓他搶先的。我的領導黎辛叫先
> 送熊復看，熊不看，又送荒煤看，荒煤指出很多不妥，由我寫給作
> 者。〔註 13〕

綠原所述有如下的歷史背景：毛澤東的《實踐論》於 1950 年 12 月 29 日在《人
民日報》重新發表，在有關部門的組織下，國內哲學社會科學界興起了學習
的熱潮。有論者說，這個學習運動的歷史意義在於：一是馬克思主義哲學的
合法性爲主流意識形態所確定，二是實踐概念在哲學社會科學界取得了主導
的地位。其實，還有另一個重大的現實意義，即爲方興未艾的知識分子思想
改造運動提供了哲學基礎。文藝界向來得風氣之先，理論權威何其芳的體會
文章《〈實踐論〉與文藝創作》出來得較早（載 1951 年 2 月出版的《人民文
學》3 卷 5 期），同月《文藝報》發表社論《在實踐中不斷開闢眞理的道路——
——學習〈實踐論〉，提高文學藝術的理論思想水準》。但中南大區機關報 2 月
份只轉載了全國報刊上刊登的三篇文章，「大員」們的文章到 5 月份才出來（《長
江日報》5 月 27 日發表中南局宣傳部秘書長劉祖春的《人民需要大量通俗作
品——讀〈實踐論〉筆記之一》），中南文協（籌）機關刊物《長江文藝》的
動作更遲，8 月才發表社論《學習〈實踐論〉，堅持毛澤東文藝方針》及魏東
明的《〈實踐論〉與文藝工作者的修養》。

　　舒蕪的這篇長文寫成於 2 月 4 日前後，確實寫得太早了，幾乎與何其芳
的文章同時寫成。根據他當年筆記本上的片斷記載，可知該文的角度仍是從
「主觀」入手的，但將其重新規定爲「主觀能動性」。筆記中有云：「要把客
觀的辯證法化爲主觀的辯證法，又用這主觀的辯證法去改造世界」，並認爲這
「即是人們的主觀能動性的最高度最集中的表現」；文中還涉及「理論與實踐
結合」的問題，認爲「我們必須認眞的學習現行各種重要的政策，才有可能

眞正體會《實踐論》這個結論：『從感性認識而能動地發展到理性認識，又從理性認識而能動地指導革命實踐，改造主觀世界和客觀世界。』」文中且不無理由地認爲，黨和政府制定的「正確的計劃和方案」和「政策」都是「主觀能動性」作用的完美體現。值得關注的是，當他論及「主觀能動性」之於「計劃」、「方案」及「政策」的關係問題時，有意糾正 6 年前在《論主觀》一文中對「宇宙的天心」（主觀）所作出的稍失片面的謳歌。可惜這篇長文已佚，研究者無從更眞切地據此剖析作者思想變化的軌跡，也無從更眞切地體會作者當年「聯繫自己──檢查思想──轉立場──革命人生觀」的基本思路。

胡風也寫過學習《實踐論》的體會文章，他於 1952 年 5 月 30 日起筆、6 月 3 日完稿的《學習，爲了實踐》，雖然主題是「紀念延座」，其重點仍在於表述學習《實踐論》的體會。文中同樣把知識分子的思想改造問題作爲論述的重點，同時也糾正了 7 年前在《置身在爲民主的鬥爭裏面》一文中對「一下鞭子一條血痕」的「自我鬥爭」的稍失片面的謳歌。他寫道：

> 思想改造，是要通過對於過去的自我批判，確立無產階級的思想立場，但卻是爲了在無產階級思想的領導下面去深入生活，深入鬥爭；在生活和鬥爭裏面，在實踐裏面，糾正並克服不正確的或有害的對於具體事物的具體態度，逐漸養成對於具體事物能夠發生正確的健康的具體態度。思想改造應該通過深刻的自我鬥爭，但那還會停留在理性的結論上面，只有深入到生活和鬥爭裏面去，才能夠汲取勞動人民的思想感情來哺養自己，在血肉的感受上打破自己的舊的理解和感情習慣，使自己的思想感情在血肉的經驗上發生變化。毛主席說，思想改造有時候「須要通過強迫的階段，然後才能進入自覺的階段」（《實踐論》）。強迫的階段正是爲了達到自覺的階段，只有通過了自覺的階段以後，才能夠對於具體事物發生愛愛仇仇的熱情的實踐態度。

與舒蕪不同的是，胡風還特別地肯定了思想改造的「強迫的階段」。不管是眞誠或是敷衍，可以斷定，他對主流思潮和流行的政治話語也曾進行過認眞的思索。

對照舒蕪與胡風的這兩篇學習《實踐論》體會文章的要點，大致可以感受到，無論他們自覺或不自覺地沿襲著個性化的思維習慣和話語體系，在時代潮流的衝擊下都不可能不有所調整或變化，都不可能不逐步貼近「大的主觀」。

　　舒蕪的《文藝實踐論》幾經修改，終未獲准發表。順便說一句，當年 10 月前後，他曾將此文和一篇紀念魯迅的論文寄交上海的雪葦審閱，王元化代表雪葦寫了審稿意見。據舒蕪 1951 年 12 月 28 日日記所載，雪葦「贊成我前所寫關於《實踐論》與毛澤東文藝思想之文，對紀念魯迅之文提出意見」。

　　在「中南文代會」召開之前，舒蕪還陸續寫出了一些有關文藝理論的小文章，寄交《長江日報》文藝版編輯綠原，陸續發表在中南大區的機關報《長江日報》上。如：

　　　　《談談典型》，載 9 月 16 日《長江日報》副刊《文藝》第 82 期

　　　　《談典型的創造》，載 9 月 23 日《文藝》第 83 期

　　　　《提高政策性才能提高藝術性》，載 9 月 30 日《文藝》第 84 期

　　　　《從政策的角度認識英雄的人民》，載 10 月 7 日《文藝》第 85 期

「至少能夠使舒蕪先生也能説話」，這是張中曉於 1950 年向胡風提出過的建議，胡風不置可否，綠原卻鼎力相助，舒蕪終於有了「説話」的機會。

5 「相逢先一辯，不是為羅蘭」

　　1951 年 11 月 2 日，舒蕪作為廣西省文聯（籌）代表團成員米武漢出席「中南區文學藝術工作者代表大會」（下簡稱為「中南文代會」）。該會於 11 月 6 日開幕，11 月 18 日閉幕，歷時 14 天。

　　抵達武漢的當天，他就去看望分別近一年的朋友綠原。見面是親切的，交談也是愉快的。行前（10 月 20 日），他剛寫了一篇三千餘字的文章，題為《批判羅曼羅蘭式的英雄主義》，寄給了綠原。見面談起這篇稿子時，綠原說此文觀點欠妥，不擬採用，他不同意。於是，兩人發生了激烈的爭辯。

　　法國作家羅曼羅蘭是偉大的人道主義戰士、諾貝爾文學獎的獲得者。上世紀四十年代他的幾部重要作品在中國有很大的影響〔註1〕，得到了進步青年的尊崇和熱愛，「胡風派」諸人更是把他視為崇拜的偶像。胡風本人也非常崇拜他，解放初創作《時間開始了》組詩時，他的腦海中便時時浮現著羅曼羅蘭的身影，他甚至詠贊道：「格拉齊亞啊，你永生在我心裏！〔註2〕」路翎也非常崇拜這位天才的作家，他的《財主底兒女們》下部便迴蕩著《約翰·克里斯朵夫》的旋律；舒蕪曾同樣崇拜這位法蘭西的偉人，8 年前他撰寫《論主觀》宣揚「主觀戰鬥作用」，其中就有羅曼羅蘭「新英雄主義」的印記。1944 年羅曼羅蘭去世時，舒蕪曾作哀詩以挽之，詩曰：

〔註 1〕　小說《約翰·克里斯朵夫》及《貝多芬傳》、《米開朗琪羅傳》、《托爾斯泰傳》三部傳記。

〔註 2〕　格拉齊亞是羅蘭小說中約翰·克利斯多夫的戀人。參見 1949 年 11 月 17 日胡風日記。

窮秋一嘯賴回春，三十年來聽愈新。

浩氣吹飆天喪帝。精神騰焰世存人。

死逢海沸還難靖，生待雞鳴竟未晨。

匝地更無藏骨處，萬牛寧挽萬鈞身？

如今，舒蕪為何要寫文章批判這位昔日的偶像呢？當然是思想觀念發生了變化。他曾談到，該文的寫作「是自以為運用了毛澤東思想的實踐標準政治標準政策標準來重新衡量是非的結果」。前文已經述及，當時他剛學過毛澤東的《實踐論》，滿腦子裏盤旋的都是如何「聯繫自己——檢查思想——轉立場——（樹立）革命人生觀」之類的東西。若從他當時思想改造的自覺性來分析，此文與其說是批判羅蘭，不如說批判自己曾篤信的「主觀戰鬥作用」，批判自己曾服膺的「戰鬥的個人主義」。用他自己的話來說：「雖是批判羅曼羅蘭，其實也是自我批判的開始。」（《〈回歸五四〉後序》）

綠原看出了舒蕪此文中有「自我批判」的意味，但他想不通對方何能如此，何必如此，何至於此，於是發生爭辯，這也是很自然的。他曾回憶道：

> 第二次見面，在一年以後，1951 年中南文代大會期間。這次我們仍然談得很親切，卻很快發現彼此距離很大了。從表面來看，他已想通了許多問題，而我仍然陷在想不通的泥沼裏。記不起是怎麼搞的，一見面就為羅曼羅蘭辯了一場：我仍像過去一樣認為，羅蘭是一位為人生而藝術的大作家；他則一反常態，斷然宣佈：羅蘭基本上是資產階級個人主義的頌揚者。結果自然是相持不下，不歡而散。〔註3〕

其實，批評羅曼羅蘭「基本上是資產階級個人主義」的聲音在上世紀 40 年代就有。羅曼羅蘭去世時，中國文化界就有人認為他只是位「個人主義的鬥士」。茅盾 1945 年 6 月撰《永恆的紀念與敬仰》〔註4〕，文中雖然高度評價羅曼羅蘭「從一個個人主義者和和平主義者變成一個社會主義的人道主義者」，但也

〔註3〕 綠原《胡風與我》，《我與胡風——胡風事件三十七人回憶》第 531 頁。

〔註4〕 原載《抗戰文藝》第 10 卷第 2、3 期。該文收入《茅盾文集》時，茅盾曾作一「附記」，寫道：「寫這篇追悼文的時候，中國的青年們正陶醉於《約翰克利斯朵夫》，以這位個人主義的『鬥士』作為『做人』的榜樣。這在一九四五年的中國，可以說是嚴重的時代錯誤。我這篇文章，批評約翰克利斯朵夫的個人主義，分析羅曼羅蘭早期思想的錯誤，實在已經太含蓄了，可是仍然收到了幾封謾罵的信，說我借死人作政治宣傳，而且毫無根據地說我歪曲了羅曼羅蘭。」轉引自查國華《茅盾年譜》，長江文藝出版社 1985 年，第 286 頁。

分析了他「早期思想的錯誤」，指出，「《約翰・克利斯朵夫》我們已經讀過了，現在我們該讀《動人的靈魂》了。」文中並號召：「向過去告別！」舒蕪達到這樣的認識，足足比茅盾晚了 6 年。

11 月 9 日，「中南文代會」已開幕 4 天了，舒蕪與綠原的爭辯還沒有結束，也無法結束。舒蕪不想爭辯了，作「漢口開會贈綠原」，記錄下了這次爭辯的情景和心情。跋及全詩如下：

> 進入新社會兩年以來，久不作詩。今來漢口，開中南區文學藝術工作者代表大會，重見綠原。見而談，談而辯，辯於家，辯於路，辯於公園，辯於茶社，又辯於劇場，雖詩興毫無，然不可無詩以記，乃作此贈之。其實，不必辯也。一九五一年十一月九日，舒蕪。

> 相逢先一辯，不是爲羅蘭；
> 化日光天裏，前宵夢影殘；
> 奔騰隨萬馬，惆悵戀朱欄。
> 任重乾坤大，還須眼界寬。

不必辯，不是爲羅蘭，那麼是爲了誰，或是爲了什麼呢？

舒蕪認爲：詩中「所謂『不是爲羅蘭』，是說表面上爭論羅曼羅蘭該不該批判，實際上彼此都知道問題並不在此。在哪裏呢？就在於我們身在解放後的光天化日之中，還殘留著小資產階級的前宵夢影。我們身隨革命發展的萬馬奔騰前進，還留戀著小資產階級的朱欄一角。這四句不是單說綠原，而是包括我自己在內。」也就是說，是爲了批評和自我批評。綠原卻認爲：此詩「不言而喻，是爲了胡風，只是這時都不願意提出他來」。即是說，爭辯的分歧點在於對胡風的評價〔註 5〕。兩說都有道理，他們畢竟是同一個流派的成員，在他們看來，或許沒有單純的「自我批評」罷。

當年文壇上，迴蕩著「思想改造」和「投身於土地改革的革命實踐」的呼聲。這次在武漢召開的首屆「中南文代會」，貫串始終的也是這個主旋律。大會結束後，中南文聯機關刊物《長江文藝》出版了「中南文藝工作代表大會特刊」，收入了中南大區黨政主要領導人和宣傳文藝界領導人的入會講話，錄其要目如下，也許可以從中感受到那種壓倒一切的時代氣氛：

〔註 5〕 1952 年 7 月 25 日胡風在致梅志的信中寫道：「老轟奉命研究我，而且和羅蘭對看，說是我和羅蘭有相通之處云。」「老轟」指的是轟紺弩，「羅蘭」指的是羅曼羅蘭。後者在當年已被視爲小資產階級思想觀念的代表性人物。

《中共中央中南局第三書記鄧子恢同志在中南文代大會茶話會上的講話》

《到農村去，到土地改革戰線上去》杜潤生〔註6〕

《爲堅持毛澤東文藝路線而鬥爭》熊復〔註7〕

《更進一步貫徹「普及第一，生根第一」的文藝方針》于黑丁〔註8〕

《加強文藝工作者的思想改造》歐陽山〔註9〕

各地代表在大會上的表態發言也被收入，按原順序錄如下：

《在大鏡子面前》李薰

《改造自己，改進工作》周鋼鳴

《我提高了一步》司馬文森

《我的體會》舒蕪

《我們必須下決心改造自己》林山

《我學習了一些東西》譚丕模

《加強思想改造》石凌鶴

《關鍵在自我改造》林漫

《把自己改造得更好》韓北屏

《我堅決不服老》徐玉諾

《我要求再到火熱戰鬥中去改造》王辛

《我要求到群眾中去改造》彭燕郊

《檢查我自己》陳殘雲

《永遠跟著共產黨》李錫鈞

《我對自我改造的一點體會》華嘉

……

〔註6〕 時任中共中央中南局秘書長。
〔註7〕 原中南文學藝術界聯合會籌備委員會主任，時任中南文學藝術界聯合會主席。
〔註8〕 時任中南文學藝術界聯合會副主席。
〔註9〕 時任中南文學藝術界聯合會副主席。

「改造」！「改造」！「改造」！所有代表都表達出這樣的願望，提出這樣的
要求，發出這樣的誓言；而且幾乎都操著「覺今是而昨非」這同一副腔調。周
鋼鳴檢討過去「始終停留在革命小資產階級」行列中，司馬文森檢討過去「站
在小資產階級立場來看一切事物」，彭燕郊檢查了過去的「空虛生活」，陳殘雲
檢查過去的作品「實在有著嚴重的政治錯誤」，華嘉檢查自己的文藝思想「還
帶有相當嚴重的小資產階級的觀點」……此情此景，不是親歷者實在難以體會。

　　舒蕪的大會發言《我的體會》當然也是以「改造」爲主題，當然也是那
麼一副腔調。如果濾掉人人嘴上皆有的時代語言，也許還能找到一些屬於他
個人的東西。這些東西已使他困頓於「失敗的美」中好幾年了，以後還要繼
續折磨他。由於該文在舒蕪、胡風關係史上的地位非常重要，又未收入《舒
蕪集》，故全文照錄如下〔註10〕：

　　　　我對於這次大會的感想，總的說來一句話，就是真正體會到熊
　　復主任所說的：「這次大會是一個學習的大會。」因爲自己確實在這
　　裡學了很多東西。用熊主任報告中的一句話來概括，就是：「要改造
　　小資產階級的舊民主主義的思想。」這句話對我啓發很大，它一針
　　見血的指明了我過去思想上的許多問題的總根源。

　　　　據我體會，舊民主主義思想，在我們知識分子中間確實是影響
　　很大的；主要表現在兩方面：（1）是看不見群眾，只看見自己；（2）
　　是不懂工人階級領導，不懂工農聯盟。

　　　　我在解放以前，有一個時期，把小資產階級某些進步思想和無
　　產階級混爲一談。那時把所謂小資產階級思想，理解得很狹隘，以
　　爲只限於小資產階級的落後的一面，如自私自利，貪圖享受，出風
　　頭，向上爬，等等。看看自己，這些東西在自己身上表現得比較少，
　　於是就想，我既不爲名，又不爲利，那還是什麼小資產階級思想呢？
　　就不知道小資產階級思想當中，即使最進步的一部分，終於還是小
　　資產階級思想，還是和無產階級思想有著根本的不可調和的區別；
　　它是有一定的進步性的，但如果把它和無產階級思想混爲一談，那
　　對革命對人民是有害的。當時曾寫過一些文章、發表過一些意見，
　　最根本的錯誤就在於此。

〔註10〕錄自《長江文藝》第 5 卷第 8、9 期合刊「中南文學藝術工作者代表大會特刊」
　　　　（1951 年 12 月 1 日出版）。

　　當時有一位領導同志對我説:「毛主席對於中國革命的偉大貢獻之一，就是把小資產階級思想和無產階級思想毫不含混的區別開來。」當時自己不曾接受，認爲這有什麼了不起？很好區別，算不得什麼偉大。解放以來，從實際生活和工作中積累了一些經驗，看到一些過去相當進步的小資產階級，在解放後卻不能老老實實的爲人民服務，有時還會自搞一套，搞得很糟，正成爲比別人更要改造的對象；同時，自己在工作中也常常犯錯誤，所以錯誤的地方，正是自己過去以爲很革命的那些思想所造成的。從這裡正説明小資產階級的思想和無產階級的思想有根本的區別。根本的區別在那裏呢？説起來很簡單，就是個人主義與集體主義的區別。這簡單的道理，是從不簡單的過程中得來的，是從實際中摸索出來的。過去我只想到自己不爲名利，當別人指出自己個人主義時很不能接受；現在體會到，小資產階級個人主義在自己身上是根深蒂固的，是只看見自己而看不見群眾的，不是爲人類徹底解放來革命的，是爲了「自我完成」，「自我發展」，「解放個性」這一套而來革命的。而這就是舊民主主義的東西，外面看起來好像很好，實際上是堅強的個人主義的防禦工事，這種個人主義是更頑強的。

　　第二點，剛才説過，舊民主主義思想表現在另一個問題上，就是不懂工人階級領導，不懂工農聯盟。解放前，我對普及工作相當懷疑；我想，托爾斯泰晚年決心給農民寫作，寫一些短小的東西，但是現在肯定的他的代表作，還是《戰爭與和平》《復活》《安娜卡列尼娜》。像他這樣偉大的作家，寫通俗的作品都不能成功，自己就更難了。解放兩年來，在黨的教育之下，在實際工作當中，這個問題也解決了一些。這次大會上，聽了首長的報告，都強調的告訴我們，今天的農村文藝，是工人階級、共產黨所掌握的用工人階級思想教育農民的文藝武器；又強調的告訴我們，在土地改革中要區別幾種不同的路線，資產階級的路線，小資產階級的路線，農民的路線和工人階級的路線。這就解決了這個問題，原來我們今天的時代，不是托爾斯泰的時代；我們今天的農民，也不是托爾斯泰時代的農民，今天的農民是工人階級領導下的農民；今天決不是以農民思想教育農民，正像不是以農民思想去土地改革一樣，當然更不是以托

爾斯泰那種的宗教思想去教育農民了。這就證明自己過去對新民主主義不認識，對工農聯盟思想沒有認識，這也是舊民主主義思想的表現。

過去我之所以犯了這些錯誤，其原因有二：（1）是沒有參加群眾鬥爭，遠離了群眾鬥爭，使錯誤思想得不到改正；（2）是對毛澤東思想沒有好好的學習。這次大會號召下鄉下廠，和加強學習，這是改造思想的最好辦法。我一定爭取下去，並好好學習馬克思主義和毛澤東思想，努力把自己的小資產階級思想感情，改造成爲無產階級思想感情。

最後，我們既已知道小資產階級的頑強性，我們參加土地改革就要防止個人主義的去土地改革。單爲寫作而去固然不對，單純爲了改造自己思想也不對，那還是個人主義；每天晚上算算帳，看思想改造了多少，結果一定改造不好的。我們參加土地改革，是要全心全意的爲農民翻身，全心全意把工作作好，這才能改造好思想。

在這個不到兩千字的發言中，舒蕪重點談的是如何「改造小資產階級的舊民主主義的思想」問題，他把解放前與胡風、路翎等友人一起宣揚、提倡過的「自我完成」、「自我鬥爭」、「解放個性」全部歸入「舊民主主義」，甚至把「小資產階級思想當中最進步的一部分」也認定爲與「無產階級思想有著根本的不可調和的區別」。在今天看來，這種判斷當然是有問題的，但卻非常契合當年亢奮浮躁的主流思潮及他個人的認識水準。

最應注意的是發言的第四段，他提到：「當時有一位領導同志對我說：『毛主席對於中國革命的偉大貢獻之一，就是把小資產階級思想和無產階級思想毫不含混的區別開來。』」這位「領導同志」就是前文多次提及的胡喬木，1945年他從延安飛到重慶與舒蕪討論《論主觀》，雙方爭得面紅耳赤，臨別時說過這句語重心長的話。不過，胡喬木當年的原話是「（應）把小資產階級革命性和無產階級革命性區別開來」，他所說的是兩種「革命性」。此時，舒蕪卻連「革命性」也不給予小資產階級了，只籠統稱之爲兩種「思想」。當然，這也並不是當年他個人的看法。

舒蕪的這個發言是否有超出了「自我檢討」範圍的地方呢？也還是有的。如他在論及小資產階級思想的頑固性時，就曾提到：「解放以來，從實際生活和工作中積累了一些經驗，看到一些過去相當進步的小資產階級，在解放後

卻不能老老實實的爲人民服務，有時還會自搞一套，搞得很糟，正成爲比別人更要改造的對象。」將這段文字與月前撰寫《批判羅曼羅蘭式的英雄主義》的動機作一對比，可以看出它們的針貶對象是相同的：「若是一個在實際工作中發揮『羅曼羅蘭式的英雄主義』的幹部，事情眞不好辦，他會以主觀代政策，以散漫代紀律，以自作主張代貫徹組織決定，把一切弄得不可收拾。」

「相逢先一辯，不是爲羅蘭」。果然不是爲「羅蘭」，而是爲「一些過去相當進步的小資產階級」。這是包括了「批評」在內的「自我批評」，也是包括了「自我批評」在內的「批評」。在爭辯中，舒蕪只看到了其中的「自我批評」，而綠原卻只看到了其中的「批評」，所以他們總是談不攏。

「中南文代會」於 11 月 8 日閉幕，閉幕前通過了《中南文藝藝術工作者代表大會決議》，其文曰：

> 大會聽取了熊復主任的《爲堅持毛澤東文藝路線而鬥爭》的報告，我們一致認爲這個報告所指出的堅持毛澤東文藝路線，貫徹普及方針，下鄉進廠，加強鍛鍊，進行思想改造，努力學習毛澤東思想，使文藝活動進一步與工農兵結合，爲當前中心工作服務，乃是我們全區工作者今後努力的方向。這個報告是完全正確的。我們一致接受，並把它作爲今後工作的指標，堅決的貫徹執行。

「中南文聯」宣告成立，主席爲熊復，副主席爲陳荒煤、歐陽山、于黑丁、崔嵬、李蕤、吳天保等 6 人，廣西文聯（籌）主任周鋼鳴僅爲常委之一（共21 人）。

舒蕪離開武漢返回南寧後，綠原即給胡風去信，並寄去剛印出的載有舒蕪發言稿的《長江文藝》紀念特刊。

12 月 21 日胡風在日記中寫道：「得綠原信，並附來舒蕪懺悔小文。」其後一個月之內，胡風兩次致信綠原，綠原也有信回覆，可惜這批信件目前尚未面世〔註11〕。

〔註11〕 據胡風日記，尚有 1951 年 12 月 26 日胡風致綠原信、1952 年 1 月 18 日綠原覆胡風信及 1 月 26 日胡風致綠原信。

6 「向錯誤告別」

「中南文代會」閉幕後，舒蕪在武漢友人綠原、曾卓等的挽留下多住了
幾天。他們談的很多，似乎也還愉快。然而，綠原後來的回憶卻說，當年他
已發現「彼此距離很大了」。

舒蕪於 11 月 23 日啓程返回南寧。當天日記中寫道：「下午一時半出發上
車，綠原和曾卓相送。綠原臨別贈言兩點：一是多做實際工作，一是不要流
爲『民主人士』。」綠原所說的「距離」，會不會就是「贈言」中所提到的這
兩點呢？至少應該有點關聯吧！

舒蕪當時表示「完全願意接受」對方的好意，細細一想又以爲綠原的贈
言「另有深意」，「也許是覺得我努力用政治標準來解決思想問題，雖然應該，
但這個政治不要流爲某些『民主人士』式的政治才好」。其實，綠原贈言沒有
這麼複雜，無非是勸告這位新交的朋友積極「投身於土地改革的革命實踐」
進行「思想改造」，及建議他盡快加入黨組織而已。

綠原當年是中共黨員，而舒蕪不是。就其時的社會地位而言，舒蕪也許
比對方高，然而就政治地位而言，綠原卻自覺高於對方。當年胡風的朋友中
有不少中共黨員，但胡風、路翎、舒蕪等卻不是，在工作安排上便有些麻煩。
解放初期，進步知識分子滿懷建設人民共和國的熱情，互相勸勉，爭取加入
組織以發揮更大的作用，這是非常正常的。當年，也有許多朋友勸胡風盡快
解決組織問題，如彭柏山早在 1949 年就曾與胡風坦誠地談到「解決組織與工
作問題」的重要性〔註1〕，並主動提出要當他的入黨介紹人，還曾語重心長地

〔註 1〕 彭柏山 1949 年 9 月 21 日致胡風信。

說到：「一切問題，只有到黨內來，才有是非，才有結果」（註2）；胡風心有所動，1950 年初曾當面向胡喬木提出入黨問題，對方答道「可以考慮」，胡風以為對方婉拒，於是又猶豫起來。如果說綠原的臨別贈言有深意，其「深意」大概也同上。順便提一句，舒蕪後來有所覺悟，也向黨組織表達過加入組織的願望。

舒蕪坐在飛馳的列車上，「中南文代會」上洋溢著的強烈的時代氣氛及與會者主動改造思想的積極性仍使他久久不能忘懷，綠原的贈言又使他進一步堅定了自我改造、追求進步的決心。他既已在代表大會的發言中檢討到「當時曾寫過一些文章、發表過一些意見，最根本的錯誤就在於此」，儘管還沒有點出《論主觀》，但「向錯誤告別」的姿態已經作出來了，進一步的「檢討」只是時間問題。

他返回南寧時已是 11 月底，當地土改運動正進行得如火如荼，文教界的知識分子改造運動也進入到了新的階段。他隨同省委宣傳部的領導們深入到了土改鬥爭的第一線，他在全市教師大會上傳達「中南文代會」上領導同志的重要報告。他被卷在時代潮流的浪尖上，所思所想也愈來愈契合於時代的主流。

當年 12 月中旬，他寫成了《向錯誤告別》。在這篇萬字長文中，對自己解放前的思想歷程進行了全面的反省，對《論主觀》等舊作進行了自我批判，再一次談到自己對如何區分「小資產階級革命性」與「無產階級革命性」的新認識。

這篇文章是在 10 天之內寫成的，但準備的過程卻相當長，至少可以追溯到 1950 年 3 月 29 日胡風給他的那封信。在那封信中，胡風勸告他正視《論主觀》這個「遲早要公諸討論的」「歷史公案」，舒蕪卻一直猶豫著，不肯爽快地邁出這一步。說到底，他畢竟是《論主觀》的作者，「歷史公案」的主要責任人，而當時的「工作關係」並沒有給他非「自我批判」不可的壓力，組織上信任他，不斷地委以重任，他為何要自揭瘡疤，自啖其肉呢？在這裡，舒蕪又表現出了胡風多次批評過的舊文人「怯」的弱點。1944 年 5 月 25 日胡風曾因他偶而流露出的自我「懷疑」而嚴厲地批評道：「人到底不願意和剝了皮的血肉相對。」胡風是以其豐富的人生經驗為底蘊，才能夠說出這番話的；舒蕪當年不太理解，除了人生閱歷不夠之外，也與他的思維方式有關，他是

〔註2〕 彭柏山 1949 年 11 月 7 日致胡風信。

非到尋找到「新皮」（新的理論憑依）之後，才肯捨棄「舊皮」的。這也就是他經常被路翎譏爲「教條主義」的一個重要原因。

不管怎麼說，「自我批判」總不會令人愉快，也不會是件輕鬆的事情。在那 10 天裏，他有何見聞，有何思慮，有何舉動呢？他在當年的日記中有所記載：

> 1951 年 12 月 4 日：與劉宏部長、陸地同去邕寧縣土改試點區陳東村團部，聽他們總結。陳閒也來。晚，與陸、陳談了很多。

> 1951 年 12 月 8 日：晚，去市委，與袁部長談寫檢討問題。發信給綠原。

> 1951 年 12 月 10 日：開始寫思想檢討。思想鬥爭很是艱苦。

> 1951 年 12 月 11 日：續寫檢討。

> 1951 年 12 月 12～14 日：續寫並完成檢討，請陳閒看過，又請袁部長提意見。

日記中提到的諸人：劉宏時任中共廣西省委宣傳部副部長，陸地時任省委宣傳部宣傳處長，陳閒時任省文聯秘書長，袁家柯時任南寧市委宣傳部長。他們都是胡風所說的與舒蕪有著「工作關係」且「對思想問題有興趣的幹部們」。

據舒蕪回憶，他在與陸地、陳閒等的交談中，瞭解到周揚在延安整風時也曾有過「受批判」、「作檢討」、重新得到信任的過程，體會到「整風運動以及各種思想改造運動，的確是實行『懲前毖後，治病救人』的方針，是要把人救活，不是要把人整死。」於是，「去了思想障礙，決心主動公開檢討《論主觀》的問題了」；於是，他在陸、陳諸人的鼓勵下，找到市委宣傳部長談寫檢討的問題，並在當天晚上將這個決定寫信通告了綠原。檢討寫了 5 天，寫成交領導之前，他還曾請陳閒過目。陳閒是胡風的老朋友〔註3〕，綠原是胡風的青年朋友，舒蕪把「寫檢討」的事情告訴他們，似乎顯示出他無意向任何人（包括胡風等）有所隱瞞。在當時的政治氛圍下，「寫檢討」並不是一件見不得人的事情，「檢討」而不「深刻」才備受指責。前文已經述及「中南文代會」上代表們紛紛「檢討」，同期國內報刊上各界名流「檢討」的文章更是觸目皆是！

─────────

〔註 3〕1946 年陳閒爲《廣西日報》編副刊，胡風曾介紹舒蕪給他寫稿。

附帶提一句，胡風的朋友們當年對各界名流紛紛檢討事頗有興趣，甚至苛責他們的檢討是在走過場，沒有觸及到實質問題哩。如盧甸 1952 年 2 月 16 日給路翎的信中就這樣寫道：「文藝問題，我以為各地領導人的檢討文章是一個很好的材料，譬如前幾天華南歐陽山的反省就是很好的。提出了問題，但不認識問題實質，因而也不知道從那裏下手解決。我想寫信給甫（指胡風），要他注意這方面的東西。〔註4〕」

可以說，舒蕪是否「檢討」，這在胡風派諸人看來應該並不算什麼問題，而他的檢討是否觸及到「問題實質」，是否牽涉到「我們」，那才是他們所關心的。

1951 年國內重大的政治運動很多，抗美援朝、土地改革、文藝整風，等等，聲勢最為浩大的當數土改運動，這是關係到億萬農民翻身的大事，關係到人民共和國政治經濟基礎的大問題。大批幹部從各地各條戰線上被抽調出來，投入土改及土改覆查運動中。北京文化界的名人們幾乎全都參加過土改，周揚率團到湖南參加土改，胡風隨團到四川參加土改，艾青則率團來到廣西參加土改。

詩人、劇作家魯煤這時隨艾青團來到了南寧，他與舒蕪去年在北京相識，非常投緣。久別重逢，都有說不完的話，都很關心對方在革命實踐中的思想進步。舒蕪與魯煤有過兩次長談（第一次未詳，第二次是在 12 月 20 日），他毫無隱瞞地向對方傾吐了分別一年後的思想變化，並把剛寫好的檢討（《向錯誤告別》）給對方看了，希望他提出寶貴的意見。

三天後（12 月 23 日）魯煤致函北京，把與舒蕪談話內容原原本本向胡風作了通報。這信本應直接寄給胡風的，由於不能確定當時胡風是否還在北京〔註5〕，就寄給《人民日報》工作的朋友徐放，讓他轉交。節錄該信如下：

> 在這裏，意外地見著了舒蕪；他在南寧中學當校長，併兼省文聯等十數職。談了兩次：他對過去他的《論主觀》等所有理論文章都否定了。他認為那是小資產個人主義、舊民主主義的；他說他過去那樣強調發揮主觀作用，並且主張在重慶的環境下，不走向群眾只發揮主觀作用就是真的戰鬥等，那是美化了小資產階級不走向工

〔註 4〕 張以英編《路翎書信集》第 145 頁。
〔註 5〕 胡風於 1951 年 6～9 月去四川參加土改，9 月底來北京，參加完國慶觀禮後，寫信給胡喬木請求周總理接見，年底被接見，1952 年 1 月 11 日返回上海。

農兵不去進行思想改造等反黨、反領導的思想；他認為那是階級立場問題，是小資產自己安慰自己。這是在他的一篇一萬多字的、尚未發表，而拿給我看過的檢討文章裏寫的。他說，這是他在解放後兩年工作體會、學習的結果。我嚴重感到，這個變化是太大的了，這裡邊，當然，有好的，積極的成份；但是，把過去百分之百地否定了，認為過去全錯了，這是合乎正確邏輯的嗎？我正在想，但時間短，沒有時間想，也沒有時間談，所以還弄不清。並且，他否定了綠原過去的詩，認為那是小資產階級的、看不見前途的、「猩紅殘綠」（綠原詩《贈化鐵》中句）的感情。

對於現實主義，他的說法是：「從政策出發去理解生活就是現實主義，沒有政策就沒有現實主義。」並且說，他認為今天作品之不夠好，多是政策上沒有掌握好。我認為，他這裡有很寶貴的體會（在政策、生活、作品的關係上），我是同意的。但是，我給他說，現實主義和今天普遍流行的公式主義相反，如胡先生的理論，強調從「人」出發，強調作者的人道主義等等，同時是根本的東西。他否認：雖然，在作者的人道主義、人格力量方面，他後來又承認了一些。我知道，他是不懂創作的，他也這樣完全承認。

並且，他說他不同意亦門出版過去的詩論。

從這，你可以感到他變化多麼大。

站在黨的、真理的、文化事業的立場，我冷靜地歡迎他所有的變化和進步、積極性；但我也站在同樣的立場希望他對過去理論的改正是合乎客觀真理的。但我現在還弄不清，雖然我感情上有一大部分接受不了他的新理論。——本來不打算在寫給你們的信上詳扯這個問題，而要在給胡先生信上專談的，但既然寫了就寫清楚點吧。

這樣，就把這信交胡先生去看吧，這也同時是寫給他的。〔註6〕

此信披露了舒蕪「檢討」（談話和文章）的有關內容：第一，他否定了自己的舊作，並將當時的思想歸納為「小資產個人主義、舊民主主義的」；第二，他也否定了綠原和阿壟的舊作，同樣歸納為「小資產階級的」；第三，他對胡風的文藝思想提出了質疑，但未根本否定，也未對其作出明確定性。

〔註6〕 該信收入《胡風全集》第9卷363頁。

　　試將以上三點與舒蕪兩個月前在「中南文代會」上的發言要點作一比較，可以看出二者基本相同，此時他的「檢討」仍在「把小資產階級思想和無產階級思想毫不含混的區別開來」（胡喬木語）這一範圍之內。再將以上三點與「中南文代會」上諸代表的發言試作比較，可以見出，他的「檢討」深度也未超過周鋼鳴（「始終停留在革命小資產階級」）、司馬文森（「站在小資產階級立場來看一切事物」）、彭燕郊（「空虛生活」）、陳殘雲（「實在有著嚴重的政治錯誤」）和華嘉（「還帶有相當嚴重的小資產階級的觀點」）等人。

　　12月26日「剛從青島回來」的徐放收到此信，當天便轉送給胡風。

　　12月28日魯煤又直接給胡風去信，「補充」了與舒蕪見面的情景。信中寫道：

　　　　給徐放信，談舒蕪問題，想已看到。

　　　　這裡，再簡單補充幾句：

　　　　當然他的文章，完全是作為檢查個人思想而寫的。他認為自己是小資產階級的：他說，胡先生在過去和現在無產階級思想當然要比他多得多的，但是當時（希望社時期）許多小資產階級，如他本人和方然之類，是站在這個大旗下面，充作無產階級活動了的。情況大體如此。

　　　　補充說明一句：我想，他思想的發展，雖然不無偏激甚至錯誤之處。但是，他這種轉變是在解放後兩年實際工作中，和黨的實際工作的領導人接觸中體會、學習和摸索到的，所以，當然也會有無限珍貴之處。雖然我還沒有更多瞭解，也沒有時間瞭解，但是，我這樣想。所以，我也願意把這能引起胡先生參考。

　　　　所謂參考，當然不是放棄現實主義的原則，而是在有些方面，未必沒有一些不全面的看法和做法。比如，他也談到，胡先生應該工作，參加具體工作崗位，等等。你在北京方面的最近情況，一如對綠原說的一樣，給他說了一下，作為他進一步瞭解你的參考。

　　　　我曾問他為什麼不給你去信談呢？他說在信上談不清。辭不達意，倒反而弄得誤會了（理論上），等等；我相信這也是真的。

　　　　他說，他這些話都給綠原談過（上個月他曾到武漢去參加中南文代會），說綠原也承認過去是小資產階級這個結論。所以，你還是去多問問綠原。

我想，我對你談到這個問題，其目的是在於互相瞭解，修正過去和現在彼此間認識之不足，俾能追求和堅持眞理；此外，沒有其他任何目的和意義。〔註7〕

此信內容與上信大同小異。不同的地方僅在於：第一，明確指出舒蕪的「檢討」範圍止於「檢查個人思想」。第二，認爲舒蕪的思想變化有其合理因素，對其他朋友們不無參考價值。第三，指出胡風與舒蕪關係不太正常，希望胡風能夠正確處理。

12 月 31 日胡風收到了這封信，一個星期後（1952 年 1 月 7 日）才寫覆信，措辭非常愼重，顯然是字斟句酌地寫成的。他寫道：

關於舒君（指舒蕪），並不奇怪。抗日勝利後，因職業不安，即漸露悽惶之態。劉鄧大軍到他那裏，想都不想到投入，事後我們都指出他的不對。勝利後，依然夢想做教授，或者以理論家被重用，不得，就變成冷嘲加悽惶了。前年到北京時，正是那個關頭。所以，現在的情形，並非完全意外的。

但當然還有更基本的原因。當時，他是被「拖入」了鬥爭的。他正走投無路，恰好和路兄在一起，經常談，爭議，這才在他那舊書生的生活中生出這一鬥爭的枝來了。所以，他那些鬥爭中積極性的東西，原來不是他自己的。又加上他的容易鑽進「邏輯」分析裏去的思想方法，從現象採取觀念從事分析，因而基本上脫離現實過程的方法，因而那積極性的東西並沒有眞正進入他的血肉的。我們就覺得他帶著濃厚的「五四遺老」的氣味，反而是缺乏血肉的「主觀的戰鬥要求」的氣味。我們當時這樣看，但也無法使他突進一步，因爲，這是一個實踐問題，當時的條件是不夠給他能夠感到更強的東西的。

現在，他反而向原來他那弱的一面浮去，把積極性的東西丟掉了。這依然是他那舊書生的東西翻了一個面的結果。他非更跑到「觀念」裏面去不可。而且，還帶著極強的虛僞的東西。在中南文代會上的發言並未得到歡迎，是當然的。他完全不理解或故意不理解，當時的鬥爭今天更有重要的意義，今天鬥爭的艱難眞是從這裡來

的。——攻擊綠原，更是不可原諒。他是想用別人的血洗自己的手了。原來，在漢口，綠原等和他爭持過的。——這些，寫給你作參考。

回來時，也許還會見到他罷。千萬不要向他談我們的情形。關於他自己，可以給他一點忠告：（一）不要脫離實際，不要脫離歷史。（二）不要牽到文藝創作，不要牽到別人。因為，他對文藝創作不懂，他並未幫助別人（只別人幫助他）。他要坦白，只坦白他自己好了。當然，只能用你自己的名義對他說說。

現在正在一個轉換和走投無路的關頭，一兩年之內要看出一些端緒。說不定，也許會發生一次大論爭（此事不必對他說）。舒君的只顧自己的、不看或看不見歷史要求的打算，會生一些枝節，對何批評家之流（指何其芳等）有利的。可能時，由你自己的意思和他說一說。

此信從歷史根源及思想根源上對舒蕪的轉變進行了全面深入的剖析，可以說是對他與舒蕪交往歷史的批判性的總結。魯煤對舒蕪的過去不太瞭解，他當然不會知道胡風所述有若干關鍵處與史實不符：第一，舒蕪 1943 年初識胡風時處境並不壞，他當時以高中肄業生的學歷被黃淬伯先生看中在中央政校擔任助教，學術研究也呈現出很好的勢頭，甚至得到了國學大師顧頡剛的贊許，並不是「走投無路」。第二，他確實是在接受了胡風的勸告後，才捨棄學術研究而介入現實的思想鬥爭的，上陣的第一篇是「反郭文」，觀點完全「是他自己的」，並未得到過胡風或路翎的具體指點。第三，舒蕪 1946 年因抗議女師遷校事而拒絕了副教授的聘書，其後相繼任江蘇學院副教授（1947）、南寧師院教授（1948），其間雖有過短暫「待業」的煩惱，但還未發展到「悽惶」的程度。第四，舒蕪「前年到北京」參加全國性會議時，春風得意，而被胡風譏為「小貴族」，似乎也未到「冷嘲加悽惶」的「關頭」。

此信還談到「舊書生」之類的思想根源問題。前文已述，胡風曾對周圍的許多青年朋友們都有過類似的評價，1943 年他批評方然「滿身儒者風度，有點吃不消」；1944 年初他批評阿壠「完完全全是舊式才子」，恐怕「在文學上不能有所發展」；同年底批評呂熒「炫學之氣可掬，藝術牧師之氣可掬」；1947 年批評方然、綠原「總脫不了一種恃才的文學青年的氣氛」……既然大

家都是「舊書生」，舒蕪也許更多一點「五四遺老」的氣味，更缺少一點「主
觀的戰鬥要求」，大概也不至於必然走向反面罷。

當然，這些都是次要的。最關鍵的在於胡風信中的這句話：「他要坦白，
只坦白他自己好了。」如果「檢討」牽扯到旁人，就等於是「用別人的血洗
自己的手」。「洗手」說又一次出現了。如前所述，胡風 1948 年曾以此說指責
過喬冠華，但他此後仍視喬爲可依靠的朋友。

胡風於 1952 年 1 月 11 日返回上海，2 月 14 日又給魯煤去信，再次談到
舒蕪的檢討事，寫道：

> 至於舒君，情形也不簡單的。所謂理論之類云云，都不過是一
> 種實際關係或生活態度的反映。只單純地當作理論去看，那是要愈
> 想愈不通的。我懂得他，其他的友人也懂得他，綠原更懂得他。
>
> 他既是書生，又是打括弧的「實際」的人，這就非弄得東張西
> 望不可，這兩年來完全暴露出來了。綠原對他是原則性很強，而且
> 情至義盡的，但他不瞭解，有些事綠原也不能對他說，他反而誤解
> 綠原了。人，一患得患失，那就有些不好辦了。無產階級的大旗云
> 云，那是昏話〔註 8〕。誰也沒有這樣標榜過或自信過，但基於歷史
> 要求的現實主義的鬥爭，當時既爲必要，今天也還能相通的。歷史
> 不是從超現實的觀念形態發展的。如果當時他真是那樣看，今天又
> 真是那樣覺悟，那僅僅只是他而不是別人。不過，這些話，恐怕說
> 也是白說的。至於通信會引起誤解，那更是託詞，即令不是危詞，
> 我不會那麼容易誤解人，是一；其次，和我通信，在他已毫無好處
> 了。如果我真像他所說的那麼頑固，今天他已要無產階級了，爲什
> 麼不來說服我？即此一端，也可證明他今天站穩了的立場是還有可
> 商量之處的。
>
> 你把告訴綠原的話告訴了他，這是不好的。你太熱心了。所謂
> 「不好」，是怕他傳播開去，反而會引起麻煩的。如有機會再見到他，
> 千萬用你的意思叮囑一句。千萬千萬。至於，他一定要把文藝問題
> 當作資本，那就當然只好由他了。

〔註 8〕 信中這句是針對魯煤 12 月 28 日信中轉述舒蕪的話而發的，魯煤在信中轉述
道：「胡先生在過去和現在無產階級思想當然要比他多得多的，但是當時（希
望社時期）許多小資產階級，如他本人和方然之類，是站在這個大旗下面，
充作無產階級活動了的。」

胡風這封信寫得更加奇怪：第一，他認爲舒蕪問題的關鍵並不在「理論」，而在「生活態度」。這所謂「生活態度」本是 1943 年重慶「才子」們首先提出來的，後來被他認定適用於國統區的特殊環境而加之理論化推而廣之，進而演進爲「戰鬥人格」說。舒蕪曾在多篇文章中宣揚過這一理論，如今反而被它套住了。第二，他認爲舒蕪不與他通信只是「託詞」，並把中斷通信的責任推在舒蕪身上，這當然只是巧辯。前文已經述及，舒蕪 1950 年離京返回南寧時曾兩度致信胡風，而胡風因不滿於他的「小貴族」氣而一字未覆。第三，他認爲綠原「更懂得」舒蕪，這也是沒有道理的。綠原與舒蕪結交時間只有一年，見面時間統算起來不足一個月，談何「懂得」。何況，解放前綠原完全處在「胡風派」的核心圈之外，非但不瞭解《論主觀》風波，即如 1948 年與「港方」的大論爭，他當時「除了情緒反應，實在還沒有明確的想法」〔註9〕。順便說一句，在抗戰後期胡風發動的討伐「主觀公式主義」和「客觀主義」的「整肅」運動中，綠原和方然在其詩文中透露出的強烈的「小資」氣味曾使得胡風、路翎等十分不耐，前文已經述及，在此不贅。

　　說到底，胡風對舒蕪「檢討」文章的強烈反應並不在於該文如何批判了《論主觀》，如何深挖了思想認識根源，如何涉及到了綠原及阿壟，而在於「千萬千萬」不要扯到他的頭上來。他的急切和憤怒並不是沒有原因的——

　　就在一個月前，胡風經過多次的請求，終於見到了周恩來。1951 年 12 月 3 日周恩來約請胡風談話，從下午三時三刻直到八時三刻，整整談了 5 個小時。周總理在這次推心置腹的長談中提到同志們都反映他「不合作」，還婉轉地談到組織問題，說「（和共產黨）合起來力量大些」，等等。這次談話使胡風產生了若干誤解，他當時是這樣理解的：

> 　　我，一個共產主義同情者或信仰者，只是從文藝上做了些追求，說是和共產黨「合起來力量大些」，作爲鼓勵的話我也覺得太重了。
>
> 　　總理對我說的並不是簡單的鼓勵話，而是……期待我珍惜我自己和與我有關的作者們的勞動能量，把自己放在能夠被黨注視和「護理」的地位上面。〔註10〕

〔註 9〕　綠原《胡風與我》，《我與胡風——胡風事件三十七人回憶》第 519 頁。
〔註10〕　《胡風全集》第 6 卷第 659 頁。

視批評爲「鼓勵」，視團結爲「護理」，這個不該有的誤解使胡風的自信心膨脹開來，擴張開來，到了一種非稱之爲「虛幻的自信」不可的程度。12 月 20 日他給妻子梅志去信，自信地寫道：

剛才和嗣興説過，搬到北京來，我要開始寫批評，掃蕩他們，爲後來者開出路來。寫十年，情形就要大變。但嗣興説，寫兩年就夠了！

後來的事實證明，胡風此時的自信是缺乏依據的。

7 「層層下水」的文藝整風學習運動

　　1951年12月14日，舒蕪寫完了《向錯誤告別》。他並沒有急於要發表這篇文章，而是按照胡風先前的囑咐，拿給了與之有「工作關係」且「對思想問題有興趣的幹部們」看。說到底，這只是篇普通的「從暴露思想實際來改造思想」（胡風語）的檢討文章，他根本就想不到胡風聽到魯煤的轉述後竟會引起那麼強烈、那麼持久的反應。

　　10天後（12月23日），舒蕪出席了市委統戰部為艾青任團長的北京文藝界土改工作團舉行的歡迎會，聆聽了艾青激情的演講。這位著名詩人談到在北京開展的文藝界整風運動，談到知識分子的思想改造問題，非常激動地抨擊了文藝界的現狀，說道：

　　　　毛主席說「中國沸騰起來了」，文藝界本身就未沸騰起來，與共
　　和國蓬勃上升不相稱。

　　　　文藝界自由主義空氣濃厚，見面不談原則，不談對共和國有重
　　大責任感的問題。

　　　　文藝界這種風氣，應該結束了。這樣下去，只有取消文藝工作。
　　但是，共和國不能容許。我們是占世界第二位的共和國，不能容許
　　這種可悲的現象。

　　　　批評，對於被批評者有利。否則，共和國飛快前進，終於把他
　　（們）拋掉，那才是對不起人。〔註1〕

〔註 1〕 轉引自舒蕪《〈回歸五四〉後序》。

舒蕪早在 1938 年流亡桂林時就與艾青有過一面之緣，而且還在他主持的《廣西日報》副刊上發表過兩篇散文，第一篇署名為「舒吳」，第二篇改署「舒蕪」，皆取意於「虛無」〔註2〕。1945 年他在國立女子師範學院指導學生文學團體「新文學研究組」時，還曾講過艾青的詩。可以說，他對這位詩人一直是非常仰慕的。當然，他也知道艾青是胡風的老朋友，在延安時與周揚等的關係並不融洽。如今，聽到艾青口口聲聲「共和國」、「原則」和「責任感」，他彷彿看到胡風一向推崇的「以天下為己任」的精神在艾青身上以一種新的姿態重現了，具體說來就是：「原則」要著眼於「共和國」的發展，「責任感」要體現於「批評」和「自我批評」。他於是產生了這樣的體會：

> 現在他的思想如此之進步，這也說明在我們自己的共和國裏，人的思想，人與人的關係，一切都是全新的，的確不應該再有「化日光天裏，前宵夢影殘」的情況了。艾青這個講話，進一步促進我主動公開檢討的決心。（《〈回歸五四〉後序》）

從向「有工作關係」的領導們「檢討」，到決心在報刊上「公開檢討」，從僅檢討自己，到勇於開展「對於被批評者有利」的「批評」，舒蕪的這一步就要邁出去了。

就在舒蕪思想觀念發生重大轉折的這段時間裏，胡風的朋友們對他的看法也發生著重大的轉變。綠原自「中南文代會」開過之後，對舒蕪的表現（關於羅曼羅蘭的爭辯）一直耿耿於懷，他把舒蕪的「懺悔小文」（舒蕪的大會發言）寄給了胡風，不久又向南下途經武漢的魯煤和因事來漢的阿壟談及舒蕪的種種，引起了後者極大的不快，他們當即分別致信胡風告狀。胡風於 12 月 19 日收到魯煤寄自武昌的信，20 日又接到阿壟寄自漢口的信，怒氣勃勃，不能剋制。12 月 20 日他給其妻梅志去信，傾吐了其時的真實心情。節錄此信如下：

> 剛才和嗣興喝酒回來，十二點了，對你的相片看了很久。寫一張，明天發出，讓你星期天下午收到，好不好？
>
> 剛才得守梅自漢口來信，說方管寫文章否定他過去，而且把我們也否定在內，那就是以出賣我們來陪他的意思。綠原、曾卓都氣憤得很。你看，這小書生，就這麼經不起，露出尾巴來了。我和嗣興都很坦然，只覺得他本來會有這一結果的。然而居然走到了這一結果，一方面是他自己的事，一方面是這個文壇底壓力底罪過。

〔註 2〕　《舒蕪口述自傳》第 66 頁。

你說，在新社會做人也要帶點奴性。但我的「體會」要更深一點：我覺得，只有到了解放以後這三年生活，我才懂得了舊社會底力量。過去，我們對舊社會是看不起的。它的力量達不到我們的心裏。到了新社會，那新面孔的舊力量每一個都能傷害我們，所以，我們就痛切地感到了它的厲害。這三年，我們經過了怎樣的考驗呵！我以為，這對我們有無窮的益處。懂得了這些，就會更好地作戰。所以，我以為，在你現在的工作中，對群眾儘量開朗，但對上級和同人，一定要矜持。沒有把握的事決不表示意見，應該別人負責的事決不自己負責。在這情形下面，要哼而哈哈地應付。要保持自己的身份，決不隨便表示自己的愛惡。一定要他們莫測你的高深。凡是上級（官），都要警惕。尤其是文聯的小官，更要如防蠍子一樣防他們。你不知道，一轉臉，會把你的話說成絕對相反的。多問他們，多要他拿出領導意見，自己盡可能不出主意。但當然，在工作中，還得有自己的看法，自己的做法，盡力幫助群眾的。再就是，工作有了結束，盡力擺脫文聯的關係。

請注意，阿壟（守梅）在信中提到的舒蕪的那篇「文章」，指的是舒蕪在「中南文代會」上的發言，綠原寄給胡風的也是這篇文章〔註3〕。但胡風是在寫此信的次日（21日）才收到這篇文章（「懺悔小文」）的。換言之，胡風寫此信時還未讀到舒蕪的文章，信中所謂「把我們也否定在內」，及綠原、曾卓的「氣憤」，大概都見於阿壟的信，他聽信了阿壟的一面之詞。不過，綠原當時似乎還沒有這種極端的情感，翌年2月3日他在給胡風信中還這樣寫道「我至今也不願懷疑他（指舒蕪）在自我改造中的誠懇」，似可為證。胡風信中對「上級（官）」及「文聯的小官」們的警覺，部分為文藝整風而發，部分汲取了阿壟最近的教訓：「應該別人負責的事決不自己負責」，說明了在整風的自我檢討階段應取的態度；「決不隨便表示自己的愛惡」，則選擇了希望置身事外的方式。年前阿壟的兩篇文章受到《人民日報》的批判之後，天津的一個「文聯的小官」、他們的朋友魯藜曾撰文作了包括「自我批評」在內的「批評」，明確地指出陳壟的《論傾向性》「是一篇犯了嚴重的原則性錯誤的論文」〔註

〔註3〕舒蕪《我的體會》，載《長江文藝》第5卷第8～9期合刊，當年12月1日出版。

〔註4〕魯藜《〈文藝學習〉一卷初步檢討》，載1950年8月1日《文藝學習》第2卷第1期。文中寫道：「在這裡，是我個人研究這篇論文的認識，我認為在有些

4〕。阿壟向路翎控訴魯藜「拿他來洗手」，路翎又將此事轉告胡風〔註 5〕。胡風對這個教訓記憶猶新，對任何人都不敢深信，

　　當然，舒蕪之於「胡風派」的關係絕非魯藜可比，前者是《希望》時期流派核心圈子中的人物，而後者僅僅是遠在延安的一個投稿者而已。從這個角度而言，胡風並不擔心魯藜會在文章中寫些什麼，他最擔心的是舒蕪。

　　話又要說回來，舒蕪在《我的體會》中是否有胡風信中所說「出賣我們來陪他」的內容呢？沒有！前文已述及，該文最可能引起胡風等反感的也就是如下一句：「解放以來，從實際生活和工作中積累了一些經驗，看到一些過去相當進步的小資產階級，在解放後卻不能老老實實的為人民服務，有時還會自搞一套，搞得很糟，正成為比別人更要改造的對象。」在當年的政治氛圍中，「小資產階級」之類的用語其實是知識分子最好的護身符，大家都不憚以此自責或責人。如前所述，在中南文聯大會上發言的各地代表無不樂於戴著這頂帽子。但胡風是個例外，他對此敬謝不敏。有這麼一件小事可為佐證，1952 年 2 月初綠原寄給胡風一本《通訊》，上面轉引了路翎的許多「奇談怪論」，其中有云——

　　　　（路翎說：）我是小資產階級，所以我寫出來的英雄人物，必

　　然帶有小資產階級的思想感情。小資產階級出身的人寫出無產階級

　　人物，那是假的，不是現實主義。

綠原不懷疑這話出自路翎之口，只是責怪他不該「赤膊上陣」；胡風的看法則不然，他認為這是路翎單位上的「小官」們在「布置一個謠言陣地」〔註 6〕。由此可見，胡風當年非常忌諱「小資產階級」這頂「帽子」，他是一直自居於「左」的位置的〔註 7〕。其後兩年，胡風曾為拒絕戴上這項「帽子」與周揚等糾纏了很久，然而待等到他想戴上的時候，上面又不准他戴了。此是後話，在此不贅。

　　思想上的缺點是我和作者有共同的，因此，也是我的檢討。」魯藜時任天津文協（後改作協）主席，《文藝學習》主編。兼任文化局黨支部書記，中國大戲院經理。

〔註 5〕　路翎 1950 年 7 月 25 日致胡風。

〔註 6〕　胡風 1952 年 2 月 8 日致路翎信。

〔註 7〕　胡風在「萬言書」中寫到，解放初「馮雪峰同志有一次說到：周總理審閱代表名單的時候，是把我的名字劃在『左』一類的，勸我放心。」《胡風全集》第 6 卷第 113 頁。

1952 年年初（1～2 月），舒蕪率「南寧市中等學校師生土改工作團」第一團到鄰近的貴縣去參加土改。在這次社會實踐活動中，他更是「時時處處事事都聯繫自己的思想實際，用毛澤東思想分析之批判之，實行自我思想改造」，思想觀念又起了一些顯著的變化。他是個很願意將思想收穫與朋友分享的人，尤甚對於武漢的朋友綠原，他常存感念之心。綠原的臨別贈言「一是多做實際工作，一是不要流為『民主人士』」常在他的耳際迴響。1 月 21 日晨，他給綠原寫了一封長信，一則是交流近來的思想進步情況，二來也有想幫助朋友完成思想改造的意圖。此信雖已佚，但從舒蕪保存著的日記摘要中可見大致的內容：

> 早飯前，寫給綠原長信一封，談下鄉以來的兩點體會：一，從訪貧問苦找根子當中，體會到唯物論的巨大意義。而舊農會幹部之所以普遍不純，即由過去工作隊運用了唯心主義的方法，單從表面上的積極與否來提拔幹部的緣故。所以，我們今天從訪貧問苦做起，同時不依靠舊農會。這裡面即是唯心論與唯物論的鬥爭。二，但是，儘管舊農會幹部確是如此的普遍不純，過去清匪反霸減租退押期間，地主階級叫囂「農村幹部偏差」，當時我們仍予以嚴屬的駁斥，迎頭的痛擊，決不在敵人面前同聲責備自己人。這裡面就有一個立場問題。並且，在當時，我們仍要求教員學生處理地主家庭問題時，必須服從農會的決定。這裡面又貫徹了一個組織觀念的問題。站穩立場，就是戰鬥；組織觀念，就是唯物論：合而言之，就是戰鬥唯物論。我在信末說，倘將這些聯繫自己，是大有助於我們檢討過去的。

> 我的意思是，由第一點，可以看到黨的政策的領導的重要。農民是有力量的。但是這種力量，主要存在於那些長年勞動，勞而又苦，為人老實，作風正派的農民當中，不是存在於路翎過去所歌頌的那些半瘋狂半流浪人的農民當中；而且這種力量，是要在黨的政策的領導之下才可以啟發出來，不是像路翎過去所描寫的，靠著自發的衝動就能發揮出來。由第二點，可以看到我們過去那樣集中火力對自己人，確是失去立場；而對於黨的文藝領導，也確實是沒有組織觀念。

從「立場問題」出發，他開始否定了過去宣揚的「精神奴役創傷」論；從「組織觀念」出發，他對過去所服膺的「主觀戰鬥精神」賦予了另外的定義；更為重要的是，他從翻身農民身上看出了他們有著路翎小說中所未描寫過的另一面，從而接受了「港方」對路翎小說人物「瘋狂」「痙攣」的批評。他又從這三個出發點更進一步，觸及到了胡風問題的核心：宗派主義和非黨觀念。

綠原收閱此信後，並未感到「氣憤」，而是感到「吃驚」。他在 2 月 3 日致胡風信中寫道：「我至今也不願懷疑他在自我改造中的誠懇。但這些對歷史的看法，卻令人吃驚！如果不是其他，那種教條主義也是夠可怕的。」隨同此信寄出的還有上文提到的《通訊》。2 月 7 日胡風收到此信，當晚即覆。他對《通訊》中所引「路翎」的話的答覆是：「關於寧兒的話，連斷章取義都不是，完全『創作』。現在，鬥爭在圍繞著他進行。是把他當作序戰看待的。」實際上，他此時尚不能確定路翎是否說過那些話，他為《通訊》事詢問路翎的信寫於覆綠原信的同一天。他對舒蕪事的答覆是：「舒君，現在看來是不足為奇的。頂多做一次藥渣。歷史太窮，他所以有了那個過去。歷史太窮，他現在就當然如此。但活生生的歷史並不窮的，它會拋棄一切弄潮兒的。」這裡，他似乎又聯想到了舒蕪所謂的「歷史問題」。

舒蕪思想觀念的不可遏止的急速變化，引起了胡風極大的焦慮和鬱悶，他知道任其發展下去，他（們）置身整風運動之外的打算很可能會落空。然而，無論是舒蕪的變化，或胡風的拒絕變化，都只有放到當時的政治環境和社會運動背景下，才能得到更為深刻的理解。

1951 年年底中宣部文藝工作會議決定開展「批判資產階級思想」的文藝整風運動，當年 11 月 24 日胡喬木、周揚等在「北京文藝界整風學習動員大會上」作動員報告，周揚報告的題目是《整頓文藝思想改進領導工作》，他說道：

> 「同志們：關於目前文藝界存在的嚴重現象，剛才喬木同志已有深刻的、中肯的批評。」「文藝工作中存在的思想混亂的狀況，是到了不能再容忍下去，必須加以澄清的時候了。在文藝工作中，以至在文藝領導工作的某些部分中，表現出一種相當濃厚的小資產階級的思想傾向；如果不糾正這種傾向，毛澤東文藝路線就不能夠貫徹，人民文學藝術的事業就不能夠前進。由於文藝工作的領導上，放鬆或放棄了毛澤東文藝思想的領導，放棄了對一切非工人階級的

思想批判、思想鬥爭和思想改造的工作，這就給了資產階級、小資
產階級思想以很大的間隙來佔領文藝工作的領導地位。問題的嚴重
性就在這裡，這也就是電影《武訓傳》所以能夠拍攝、放映以及一
度受到盲目贊揚的根源。」（新華社 12 月 8 日電）

所謂「思想混亂⋯⋯到了不能再容忍下去」的說法，並不是周揚的首創，而
直接來自毛澤東批判電影《武訓傳》的指示，半年前毛澤東在《人民日報》
社論《應當重視電影〈武訓傳〉的討論》（1951 年 5 月 20 日）中提出「文化
界的思想混亂達到了何等的程度」的指責，周揚等文藝界的領導因此非常被
動。

周揚在該報告中還對某些自恃「左」而拒絕「改造」的人提出警告，他
說道：「一部分老的左翼的文藝工作者，還有一個自以為很『革命』的包袱（這
個包袱我也曾有過的），這就大大地妨礙了他們進步；必須丟掉這個包袱。今
天，全國的文藝工作者絕大部分都是需要思想改造的。」不久，有人認為這
段話批評的就是胡風〔註 8〕。

文藝整風的實質是號召系統地學習和貫徹毛澤東的文藝思想和路線，批
判「資產階級思想」和「小資產階級思想」，促進知識分子的思想改造。但，
「文藝整風，怎麼『整法』？『整』什麼？」時任中共中南局宣傳部副部長
的陳荒煤有這樣的解釋：

> 基本內容是「整」文藝工作脫離政治，脫離群眾的傾向。整風
> 重點放在領導幹部身上，首先從上面的領導幹部整起，對於一般工
> 作人員和群眾來講，則主要的是一個教育的問題。文藝整風學習運
> 動，大致上可以分為三個階段來作：一、學習階段——以毛主席《在
> 延安文藝座談會上的講話》作為基本的學習文件，組織學習。學習
> 時並可邀請黨委負責同志作報告，幫助大家認識三個問題，即「為
> 什麼人」、「如何為法」和「必須改造思想」的問題，以便把大家的
> 思想認識明確起來，統一起來；二、檢查工作階段——首先由各文
> 藝單位的領導幹部作檢查報告，交由大家討論、檢查，提出批評、
> 意見後，領導幹部再根據這些批評和意見進行檢查，以求深入；三、
> 個人思想檢查階段——基本上採取「層層下水」的辦法，每一個人

〔註 8〕 苗穗《改變對批評的惡劣態度》引用了這段講話，敦促胡風在運動中「清算」
自己。載《文藝報》1952 年第 13 號。

都要在群眾面前作檢討，聽取意見和批評，最後作成結論，當作文
藝幹部在文藝思想上的鑒定材料。〔註9〕

概而言之，領導帶頭，層層過關，人人檢討，記入檔案。自此，文化界（包
括教育界和文藝界）波翻浪湧，不得寧日。

《文藝報》第5卷第2期（1951年11月出版）拉開了整頓「高等學校文
藝教學中的偏向問題」的序幕，山東大學中文系主任呂熒受到強烈的衝擊，
他及他所授「文藝學」課程被認為是：「口頭上常背誦馬克思列寧主義的條文
和語錄，而實際上卻對新的人民文藝採取輕視的態度，對毛主席的《在延安
文藝座談會上的講話》認識不足，甚至隨便將錯誤理解灌輸給學生」（同期「編
輯部的話」）。呂熒不服，寫信給《文藝報》進行申辯，卻被認為是：「表明了
他在這次思想改造運動中所採取的不正確的態度」（《文藝報》1952年第2號
「編輯部的話」）。隨後，《文藝報》又刊載了北師大中文系教授黃藥眠、山西
大學中文系教授姚奠中和西北大學中文系講師劉思虹關於「文藝學」教學的
「檢討」，「編者按」評曰：「雖然這樣的檢討文章還不很深刻，但這種勇於批
判自己的精神，是正確的和值得鼓勵的。」同期又刊載了多篇文章，敦促呂
熒「勇敢地正視自己的錯誤」（《文藝報》1952年第4號）。呂熒於是負氣出走
上海。

胡風對呂熒的消極（出走）不甚理解。他於2月8日致信綠原，寫道：
「呂君，完全如你所說。他來了上海，不想回去了。我想，對他不能存什
麼希望的。能譯一點有用的東西，就好了。」一般研究者都認為呂熒是「胡
風派」，其實他的文藝觀點與胡風有相當大的差異。1944年胡風曾對他為《希
望》創刊號寫的一篇論文極不滿意，在給舒蕪的信（1944年10月9日）中
抱怨道：

呂熒化三個月寫的大論文，看過之後，不能用。別人看了一定
驚佩之至，但其實，似是而非，是非參雜，炫學之氣可掬，藝術牧
師之氣可掬，你看這如何是好！官氣固然要不得，牧師氣又怎麼要
得？能以人氣相見者，就這麼難麼？我們非找出赤裸裸的人來不可。

所謂「炫學氣」、「牧師氣」，大概指的是呂熒「理論上有是非，現實中無派別」
的傾向罷，而胡風所要的卻是具有鮮明理論和流派立場的「赤裸裸的人」。抗

〔註9〕 《中南文藝界動員整風學習》，載1952年5月24日《長江日報》。

戰後期批判「主觀論」時，呂熒曾介入王戎與邵荃麟、何其芳等人之間的激烈的筆戰，他撰寫了一篇題爲《藝術與政治》的文章，非常集中地體現出了他的這種只講「是非」不認「派別」的傾向，其文在肯定「主觀戰鬥精神」積極意義的前提下，竟毫不留情地批判了舒蕪、胡風在「哲理」和「創作」上對這一觀念的「曲解」，更把王戎說成是集兩種「曲解」之大成者。據說，他後來因此得到了何其芳的另眼相看〔註10〕。

　　1952 年 1 月～5 月，文藝整風學習運動在華北華東等地全面展開之後，「小資產階級」文藝思想和創作傾向得到了嚴厲的批判，有一大批作家作品受到衝擊，其中也包括「胡風派」的兩位最有成就的作家：阿壠和路翎。《文藝報》刊載了 3 篇批判路翎的文章，無一例外地指出其錯誤根源在於「創作方法」。企霞《一部明目張膽地爲資本家捧場的作品——評路翎的〈祖國在前進〉》指出：「關於創作思想上的問題，必須要按照他的創作的歷程來進行研究。」金名《路翎要切實地改正錯誤》指出：「他的思想感情和創作方法都是錯誤的。」陸希治《歪曲現實的『現實主義』——評路翎的短篇小說集〈朱桂花的故事〉》中更明確地指出：「過去的什麼『主觀精神』那一套，應該當作最醜最臭的爛東西拋掉它，早已經是時候了。」〔註11〕

　　當批判的浪頭又一次撲打到路翎和阿壠時，胡風痛感到自己堅持的理論觀念受到了空前的嚴重威脅。他在 1952 年 3 月 27 日致路翎信中憂心忡忡地寫道：

> 可能性之一，是把你當作目標，由這及我。從歷史內容看，也當然會如此的。石文提到兩本有序文的書，用心可見。現在，問題更清楚了。一方面，理論問題是嚴重得超出估計，但另一方面，「理論」問題僅僅是一個表現，這裡面所要的是一個對特定個人服從的軍事統治的企圖。更進一步，是肅清使某些「作家」感到不安的一些真誠的工作和努力。

此信提到兩種「可能」性判斷：其一，他認爲文藝領導們要打擊的真正目標

〔註10〕 葉德浴《呂熒的特殊優遇》，載《新文學史料》2003 第 3 期。
〔註11〕 1952 年 1 月《光明日報》批評阿壠的《詩與真實》。1952 年 3 月《光明日報》批評路翎的《祖國在前進》（作者石丁）。1952 年 3 月《文藝報》第 6 號，企霞《一部明目張膽地爲資本家捧場的作品——評路翎的〈祖國在前進〉》；1952 年 5 月《文藝報》第 9 號，金名《路翎要切實地改正錯誤》，陸希治《歪曲現實的『現實主義』——評路翎的短篇小說集〈朱桂花的故事〉》。

是他的理論；其二，他認為文藝領導們有消除異己、一統天下的意圖。在這兩個「可能」性之中，前者（「理論」）是表象，後者（「軍事統治」）是目的，而其根源則在於文藝領導們（某些「作家」）的宗派主義情緒。

作為流派的理論家，胡風堪稱敏銳；但只作為流派的代表人物，他的眼界稍嫌狹隘了一點。如前所述，文藝整風的實質是號召系統學習和貫徹毛澤東的文藝思想和路線，批判「資產階級思想」和「小資產階級思想」，促進知識分子的思想改造。換言之，這個運動的整肅對象是一切「未改造好」的知識分子，並非為專門打擊「胡風派」而發動。當年，一些處境比較「超然」的知識分子對此看得比較清楚。如武漢大學副教務長張瑞瑾曾撰文指出：「教育工作者現被列入工人階級，除了情況極其特殊者外，都可以加入工會。但我們的思想意識若仍停留在原有的小資產階級乃至資產階級的範疇裏，則作為工人階級將是很勉強的，也將是很慚愧的。〔註 12〕」概而言之，此時上面制定的知識分子政策的核心內容仍是「團結」、「批評」、「團結」。

在文藝整風運動中，受到批評和衝擊的不只是「胡風派」諸作家。以《文藝報》1952 年 1～5 月所批評的作家作品為例，除涉及路翎的三篇之外，還批評了艾明之的短篇小說集《競賽》、雪葦的《魯迅散論》、丁濤等改編的劇本《貞節坊》、林煥平的《文學論教程》、司馬藍火的《新民主主義文藝的實踐問題》，等等。在文藝整風運動中，各級文藝領導紛紛「檢討」，見諸《文藝報》的知名人物有雪葦、林煥平、歐陽山、馮白魯、歐陽予倩、胡考、王淑明、江豐、蔡楚生、馬可、光末然、史東山、吳曉邦、衛禹平等。他們的「檢討」均涉及到過去的文藝思想和創作實踐，如光末然在檢討中批判了自己作於 1944 年的「抒情詩集」，雪葦檢討了作於 1942 年的《〈野草〉的〈題辭〉》，吳曉邦的檢討回溯了過去的二十年，衛禹平的檢討談到他解放前參演的七部電影。陳荒煤所說的「層層下水」，看來並非虛言。

相對華北和華東地區而言，中南大區的文藝整風學習運動進展遲緩，「中南文藝界整風學習委員會」組建於 1952 年 5 月 23 日，其他地區的整風基本完成後，中南區才進入「動員整風學習」階段〔註13〕。

〔註12〕 《高等學校教育改革的兩個重要問題——學習毛澤東同志〈中國社會各階級的分析〉的體會》，載 1952 年 1 月 5 日《長江日報》。

〔註13〕 《中南文藝界動員整風學習》，載《長江日報》1952 年 5 月 24 日。

1952 年上半年，壓倒一切的中心工作是「土改」、「三反」和「五反」。運動中大小「老虎」紛紛落網，其中還有受到資產階級思想腐蝕的高級領導幹部，如震動全國的劉青山、張子善貪污案，舒蕪認識的廣西省委宣傳部副部長劉宏也因貪污蛻化被開除了黨籍。1952 年 3 月以後，舒蕪奉命率隊在南寧圖書文具業主持「五反」運動，他也關注著京滬地區文藝整風學習運動的進展，感受到了批判浪潮的衝擊和逼近：他聽到了「文藝批評一直開展不起來的」廣西文藝界新出現的聲音，時任廣西省文聯副主任秦似改編的京劇《牛郎織女傳》受到了公開批評〔註14〕；他從報刊上讀到了對呂熒的批判，「說他在高等學校講授『文藝學』，把毛澤東文藝思想排在講義的最後一章，輕描淡寫地講幾句；學生受其影響，至今還把《在延安文藝座談會上的講話》當作隨便翻翻的『參考材料』」；他讀到了《光明日報》對阿壟《詩與眞實》的批評，「細細一想，倒也很有道理，我們過去確是有些宗派主義，刀鋒專向自己人」；他看到了《人民日報》爲陸希治《歪曲現實的「現實主義」——評路翎的短篇小說集〈朱桂花的故事〉》一文所發的「文化簡訊」〔註15〕，「同我一月十一日致綠原信中說路翎小說歌頌的是半瘋狂半流浪人的農民的說法相同」〔註16〕。

這一切都不能不促使他反躬自省，背負著的《論主觀》這個「大公案」越來越沉重。胡風兩年前就說過「這公案遲早要公諸討論的」，他的預言也許就要應驗在此時了；胡喬木 7 年前就嚴厲地批評過他的哲學觀念，這個「反毛澤東思想」的歷史包袱他已經背了這麼多年，如今到了非丟掉不可的時候了。他也許這樣考慮道：與其在文藝整風的第三階段「層層下水」時來檢討，不如馬上主動丟掉的好。

〔註14〕 浮生《廣西省文藝界關於〈牛郎織女傳〉的討論》，載《長江日報》1952 年 1 月 7 日。

〔註15〕 1952 年 5 月 12 日《人民日報》第三版「文化簡訊——文藝報本年第 9 期已出版」，文中寫到：「《歪曲現實的『現實主義』》（陸希治）一文，對路翎的短篇小說集《朱桂花的故事》進行了尖銳的批評，指出這些作品對於工人階級和革命幹部所作的重大歪曲。在路翎筆下的『工人階級』的『品質特徵』是：濃厚的個人主義和無政府主義思想，流氓和無賴的作風；工人階級的『精神狀態』竟是歇斯底里，精神病患者。而革命幹部則是愚昧無知的、軟弱無能的、毫無立場的人物。路翎的這些作品的嚴重錯誤是有他的所謂『現實主義』作根據的。這篇批評文章並著重對路翎的這種歪曲現實主義的『現實主義』『理論』進行了批判。」

〔註16〕 《〈回歸五四〉後序》。

　　1952 年 5 月初，舒蕪起筆撰寫檢討文章《從頭學習〈在延安文藝座談會上的講話〉》，這是他久存於心的「學習毛澤東思想以解決《論主觀》一大公案」的願望的實現。5 月中旬，文章脫稿。

8 《從頭學習〈在延安文藝座談會上的講話〉》

1952 年 5 月中旬，舒蕪將《從頭學習〈在延安文藝座談會上的講話〉》（以下簡為《從頭學習》）寄往中南大區黨政部門的機關報《長江日報》。

舒蕪的這篇文章是直接寄給報社的，沒有通過朋友綠原收轉。稿到《長江日報》編輯部時，正值該社正在組織紀念「延座」發表 10 週年的稿件，鑒於投稿者的身份（舒蕪在廣西省文聯和南寧市文聯都有職務）及文章的內容（自我批評），稿件被採用了。

多年以後，當事人及研究者對《從頭學習》的發表經過有不同的說法。

綠原當年是該報的文藝組組長，他回憶道：「中南文代大會後半年左右，1952 年 5 月間，舒蕪從南寧給長江日報寄來一篇稿，即《從頭學習〈在延安文藝座談會上的講話〉》。我當時已脫產參加『三反運動』，我的愛人羅惠留在副刊組值班，因我不在，她便把這篇稿及其他稿件一起存入『待處』欄內。舒蕪同時給報社負責編委寫信，詢及該稿的處理情況；於是，5 月 25 日該稿由社級領導發排見報。」〔註 1〕

黎之（李曙光）當年是該報文藝組成員，他回憶道：「當時文藝稿多由我和他（綠原）編好後交編委簽發的，他要不在很可能我經手過。其他細節我也記不清了。」〔註 2〕

〔註 1〕 綠原《胡風與我》，《我與胡風——胡風事件三十七人回憶》第 533～534 頁。
〔註 2〕 黎之《回憶與思考》，載《新文學史料》1994 年第 3 期。

　　學者李輝則在其著作中這樣寫道：「舒蕪的文章寄到《長江日報》時，綠原正好到鄉下參加土改了。綠原的妻子羅惠也在副刊工作，便將文章壓下來。後由副刊組另一位同事黎之將稿件拿走，會同編委黎辛，總編熊復，決定發表。」〔註3〕

　　黎辛當年是該報「編委兼文教部主任」，他的回憶又有所不同。他認為綠原的說法不正確──「《長江日報》處理稿件有具體的時間與手續規定，無『待處』之說，舒蕪也沒寫信給任何編委。」他認為李輝的說法也與史實不符──「文藝組組長綠原離職參加『三反』運動去了，李曙光（黎之）告訴我，另一位編輯、綠原的妻子羅惠同志將稿件壓著不拿出來。我問羅惠，她說還沒有登記。我說登記以後你和李曙光看看交給我。……熊復是中南局宣傳部副部長，兼任報社社長，不是總編輯，1952 年已調中宣部工作，與處理此稿無關。……舒蕪的《從頭學習》，就是李曙光與羅惠交給我，沒有在稿箋上寫意見，由我簽發的。」〔註4〕

　　以上三人，黎辛和李曙光稱得上是歷史的在場者。如果黎辛的回憶無誤，舒蕪這篇文章被採用的經過大致是這樣：稿到編輯部後，值班編輯羅惠將稿件「壓」了下來，此事被李曙光發現告知編委黎辛，黎辛便讓李將此稿從羅惠處取來，親自簽發。而李曙光當時對羅惠「壓」稿的警覺也並非沒有思想基礎，他在回憶文章中寫道，當時該報也曾提議讓綠原寫篇紀念「延座」的文章，「當時綠原既是《長江日報》文藝組組長又是中南文聯委員，是有相當影響的。不知綠原為什麼未寫。當時我想，領導上讓你寫，你還不寫？後來我才逐漸清楚他為什麼不寫，也清楚了他當時的處境和心情。〔註5〕」

　　說到綠原，他當時的「處境」應當說還不錯，雖然原社長熊復及現任文教部主任黎辛等解放初就知道他是「胡風派」，但在政治上對他是信任的，工作上是重用的，上下對他都有「好印象」；至於「心情」，他在《胡風與我》一文中有著精當的自我剖析：

　　　　（從解放）到 1952 年底為止的三年多，我一直陷在幾對複雜而
　　　　嚴重的矛盾裏。一，如前所述，我和胡風的十年交情（1942～1952）
　　　　基本上是純文學性的，沒有第一批「材料」所揭示的那些政治內容，

〔註3〕　《胡風集團冤案始末》第 100 頁。
〔註4〕　黎辛《關於「胡風反革命集團」案件》。
〔註5〕　黎之《回憶與思考──關於「胡風事件」的補充》。

也就是說，和舒蕪所強調的「共同性」沒有什麼瓜葛；另方面，我
逐漸瞭解到我過去所不瞭解的黨與胡風的緊張關係，雖然還不充分
瞭解，但已意識到它的政治嚴重性。二，我是個黨員，在政治原則
和組織原則上不能不與黨保持一致；另方面，我在人生和藝術的追
求過程中，一直得到胡風的幫助。對於胡風和一些文藝領導之間的
文藝見解的分歧，我始終認為胡風是對的。這個分歧不經過平等的
討論，就以一方的意見為結論，我始終認為是解決不了問題的。三，
在黨的文藝領導的眼中，舒蕪這個「非黨員」要比我這個「黨員」
更有「覺悟」，認為我應該向他「學習」。〔註6〕

以上剖析大體上是真實可信的：「一」說明了他在解放前並不是「胡風派」核
心圈中的成員，「二」表明他始終在「黨性」和「派性」之間搖擺，「三」所
陳述的事實發生在舒蕪文章《從頭學習》見報之後，容待後述。

概而言之，舒蕪文章《從頭學習》所以能在《長江日報》刊發，「編委」
黎辛只是看中了作者的「統戰」身份及文章中對《論主觀》的自我批判，他
當時根本就「想不到」該文見報後會引起中宣部副部長胡喬木的特別關注。

1952 年 5 月 23 日《長江日報》在頭版刊發社論《深入群眾，改造思想，
為堅持和貫徹毛澤東文藝思想而鬥爭——紀念毛主席〈在延安文藝座談會上
的講話〉發表十週年》，宣告中南地區繼「三反運動」之後的「文藝整風運動」
正式開始，文中寫道：

為著文藝界整風學習運動的順利進行，我們必須反對那種對於
資產階級思想侵蝕麻木不仁的右傾情緒。他們說「中南區文藝方針
明確，專家又不像京滬那樣集中，資產階級思想的表現不怎麼明
顯」。要忠告這些文藝工作者，從中南區文藝工作者中間已經揭發出
來的腐敗現象來看，已經很夠嚴重的了，任何原諒自己、替自己解
脫的思想都是錯誤的。資產階級腐朽思想的侵蝕是無孔不入的，中
南文藝界的被侵蝕已經證明不是例外了。我們要擊破那些盲目驕傲
自滿的情緒，他們認為在「三反」運動中自己的問題就不大，或者
已經被「整」過了，文藝界整風運動對於他沒有什麼關係，不痛不
癢。應當告訴這些同志，檢查文藝工作者的立場、思想和觀點，主
要的是根據他的業務工作表現。如果他在創作、演唱或文藝運動中

〔註 6〕 《我與胡風——胡風事件三十七人回憶》第 537 頁。

犯有嚴重錯誤，而拒不檢討或輕描淡寫地企圖混過，這是不行的，群眾是不會通過的，領導是不會批准的。爲著文藝界整風學習運動的順利進行，應該著重地提出發動群眾和大膽展開批評和自我批評。因爲只有群眾的大膽、直率的批評，才能有力的幫助我們檢查思想與改進工作。應該將各地文藝團體的負責人向其所屬部門的同志作檢查工作的報告，列爲整風學習中一項重要紀律。

舒蕪正是曾在「文藝運動中犯有嚴重錯誤」的現任地方「文藝團體的負責人」，去年年底所作《向錯誤告別》是向「所屬部門」的領導作的檢討，如今所作《從頭學習》可謂是向「所屬部門的同志們」再作檢討。他的檢討稍早於上級部門的公開敦促，這多少得益於胡風兩年前的殷殷敦促，客觀上也有著「主動」或「被動」之別。

　　5月24日《長江日報》在頭版發佈消息《紀念毛主席〈在延安文藝座談會上的講話〉發表十週年，中南文藝界動員整風學習，中南文藝界整風學習委員會成立》，正式拉開了中南文藝整風的序幕。「學習委員會」（簡稱「學委」）克隆了延安整風時期的機構設置，顯示出當時共和國的文藝領導者仿傚延安整風來整肅和統一知識分子的思想的意圖。中南文藝界整風「學委」主任爲陳荒煤（時任中南局宣傳部副部長），副主任爲于黑丁（時任中南文聯副主席），這兩位都經歷過延安整風運動，委員共有15人，其中4位後來打成「胡風份子」（綠原、曾卓〔註7〕、鄭思〔註8〕、伍禾〔註9〕）。

　　5月25日《長江日報》第三版刊登了6篇紀念文章，版面次序如下：
　　河南大學通訊組《河南大學國文系教師檢查自己在文藝教學中的錯誤》
　　舒蕪《從頭學習〈在延安文藝座談會上的講話〉》
　　歐陽山《慶祝毛主席〈在延安文藝座談會上的講話〉》
　　徐玉諾《認眞學習毛主席〈在延安文藝座談會上的講話〉》
　　曾卓《大力培養工人作家》
　　高盛麟《紀念毛主席延安文藝座談會講話十週年》
這6篇文章基本上代表著及覆蓋了中南文教、文藝各界，舒蕪的文章排在第二篇，其位置擺在歐陽山（時任華南文聯主席）、徐玉諾（河南省老詩人）及

〔註7〕時任中南文聯委員、新武漢報文藝欄編輯。
〔註8〕時任中南文聯常委、湖北省文聯副主席。
〔註9〕時任中南文聯委員、湖北省文聯副主席。

高盛麟（武漢著名京劇演員）之前，似乎可以看出該報「編委」們的考慮，他們似乎認爲該文內容更爲貼近即將全面展開的文藝整風運動的宗旨。

舒蕪的《從頭學習》以自我批判爲主，從呂熒說起，牽涉到「路翎等」，因而被後來的研究者認定在胡風集團案形成史上具有里程碑的重要作用。細讀該文，也許能略窺作者當年的寫作意圖及研究者們的立論根據。

首先，該文徹底否定了作者自己解放前的全部理論探索，並對《論主觀》等文章的寫作動機、主要觀點及社會影響作了毫不留情的批判。如下一段是其檢討的核心內容：

> 我之所以寫出《論主觀》那樣一些謬誤的文章，實在是因爲，當時好些年來，厭倦了馬克思列寧主義，覺得自己所要求的資產階級的個人主義的「個性解放」，碰到馬克思列寧主義的唯物論觀點和階級分析方法，簡直被壓得抬不起頭來。怎麼辦呢？找來找去，找到一句「主觀對於客觀的反作用」。這一下好了，有「理論根據」了。於是把這個「主觀」，當作我的「個性解放」的代號，大做其文章，並且儘量摭拾馬克思列寧主義的名詞術語，裝飾到我的資產階級的唯心論思想上去。那些文章，就曾經欺騙了當時國民黨統治區內一部分小資產階級知識青年，投合併助長了他們的資產階級和小資產階級思想，幫助他們找到用「馬列主義」的外衣來掩飾自己的非工人階級立場的方法。

> 不但如此，寫了這些文章以後，爲了堅持錯誤，爲了抗拒批評，索性進一步欺騙了自己。直到解放之前的好多年中，我簡直已經相信自己那些「理論」眞的是馬克思列寧主義的理論。

如前文已述，《論主觀》寫成於 1944 年初，其理論追求是在借鑒國內某理論家對「約瑟夫階段」（斯大林主義）研究成果的基礎上進而「發展馬克思主義」，其現實目的是聲援喬冠華、陳家康等人的「反教條主義」的理論探索，其主旨是反對「主觀完成論」並鼓勵獨立的思想探索，其理論用語則是以「主觀」代替「個性解放」。究其實，當時作者並沒有「厭倦了馬克思主義」，但企圖繞過「馬克思列寧主義的唯物論觀點和階級分析方法」的努力倒是處處可見的。當《論主觀》及《論中庸》受到大後方文化界的嚴厲批評之後，舒蕪曾有過大的動搖，但在胡風的堅持要求下仍撰寫了反批評文章。

《從頭學習》是從引述當時報刊上對呂熒的批評而起筆的，這樣寫道：

據說今天還有人——例如呂熒——在高等學校講授「文藝學」的時候，把毛澤東文藝思想排在講義的最後一章，當作文藝學中一件極其偶然極其例外的現象，輕描淡寫的講它幾句。受了這種惡劣影響的某些學生，也是至今還把《在延安文藝座談會上的講話》當作一篇僅供寫作時隨便翻翻的「參考文件」。這篇偉大的文件發表已經十年，十年來中國人民文藝勝利的道路，也就是毛澤東文藝思想勝利的道路。可是，上述的現象居然還會發生，實在是令人感到驚異的。

引述只是正文開始前的鋪墊。接著，他的筆鋒一轉——「然而，這也不是不可理解的」——便將批判的矛頭指向「嚴重的脫離群眾、脫離實際的像呂熒那樣的知識分子」，並鄭重聲明「我就曾經是他們中的一個」，表明了該文「批評與自我批評」的基本態度。

在舒蕪看來，「他們」當年所主張的東西與毛澤東文藝思想根本的區別在於：

毛澤東文藝思想裏面，比什麼都強調的，是文藝工作者必須在群眾的火熱鬥爭當中，進行艱苦的思想改造，真正站穩工人階級立場，然後才能真正用文藝來為工農兵服務。十年前，當《在延安文藝座談會上的講話》發表的時候，國民黨統治區內某些文藝工作者，認為這些原則「對是對，但也不過是馬列主義 ABC 而已」，認為這是很容易解決、也早就解決了的問題。實在他們根本不懂立場是什麼東西，自己就沒有站在工人階級立場，只是空談這個立場，而自以為這個問題已經真的解決。

在此，筆者不想評價上世紀 40 年代毛澤東提出知識分子轉變立場這個政治號召的必要性及歷史意義，只想考察一下舒蕪所陳述的現象是否是事實。

當年胡風是否認為這些都是「早就解決了的問題」呢？是的。1944 年何其芳、劉白羽等受周恩來派遣來重慶宣講「延座」精神，胡風的態度便表現得相當輕蔑，他曾借用馮雪峰的話表達自己的憤怒：「他媽的！我們革命的時候他在哪裏？」這是談革命資格，也就是在比較「立場」轉變的遲早。何其芳是在抗戰初期奔赴延安的，而胡風早在 1930 年就加入過日共，他的立場轉變當然應該在「延座」講話之前。1950 年胡風又曾寫道：「『立場』、『為人民服務』、『從實際出發』、『從人民學習』這樣的詞句」，「不但在『最近』以前，

甚至遠在何其芳先生正沉醉地寫他的《畫夢錄》的時候，我就用過了的。〔註
10〕」這是談理論認識，也就是「原則」的把握問題。何其芳的散文集《畫夢
錄》出版於 1936 年，那時胡風已當過左聯的行政書記，他當然熟悉這些詞句。
至於立場如何轉變，改造如何進行，胡風還有這樣的說法：「對於和我接近的
或通信的青年作者，我經常勸告他們的是不要脫離群眾，盡可能地參加鬥爭，
我經常勸告他們把創作當作一切日常性的勞動，在創作過程中要尖銳地區別
感情的眞實和虛偽。〔註 11〕」也就是說「延座講話」中「比什麼都強調的」，
他也早就「強調」過。

　　當年路翎是否也認爲這些都是「早就解決了的問題」呢？是的。1945 年
他在《市儈主義的路線》（載《希望》第一卷第三期）中批判了茅盾提倡的「寫
典型」理念，他寫道：「假如不是爲了血淋淋的人生鬥爭和歷史渴求，刻畫人
物，『寫出典型』來是爲了什麼呢？豈不是爲了『賞玩』或者『增加知識』麼？
而且，沒有了這樣的忠誠的戰鬥，理想，渴望，又怎樣能『寫出典型』來呢？」
那時，他似乎已經認識到了深入生活和理論學習的重要性。同年他在評論沙
汀《淘金記》的文章中又寫道：「假如中國的民族解放戰爭是由人民所支持，
被人民所願望，而且，應該由人民所領導的話，那麼，從《淘金記》裏，是
看不出這種力量來的。」他似乎不滿於沙汀站在「火熱的鬥爭」生活之外。
1948 年他在《論文藝創作底幾個基本問題》一文中更加明確地指出，「眞正的
戰鬥的作家……是一開始就和人民血肉地聯繫著的，他原來就不管在那裏，
不問是在社會行動上面和靈魂裏面，都在戰鬥著的。」從這個角度出發，他
還憤怒地追究中共南方局文藝領導對姚雪垠、張恨水、梅蘭芳、吳祖光「之
流」的「統一」和「縱容」。似乎可以說，路翎當年的立場和態度「左」於革
命政黨對國統區進步文化人的要求。

　　當年阿壠是否也認爲這些都是「早就解決了的問題」呢？是的。早在 1943
年阿壠在《我們今天需要政治內容，不是技巧》一文中就對抗戰詩壇「遠離
了政治」的傾向提出過憤怒的批判，他明確地指出：「所謂政治內容，是以覺
醒的勞苦人民的戰鬥的要求去擁抱以至突擊以至升發現實生活的眞實，豐富
人民的政治鬥爭，匯合人民的政治鬥爭，不能也不應是政治概念的空洞的反
覆，那種非自內而外的『注入』方式，問題的提法既和公式主義無緣，因而

〔註10〕 胡風《爲了明天》校後附記注。《胡風全集》第 3 卷第 464 頁。
〔註11〕 《胡風全集》第 6 卷第 312～313 頁。

問題的實踐也不能被公式主義所利用。」既反對革命理論（政治概念）在詩歌中「非自外而內的注入」，就必然會匯出「先作革命人，再作革命詩」的結論，他已經充分認識到立場態度之於作家創作的重要性。

從這個角度來看，舒蕪將「自我完成」（拒絕「改造」）視爲「他們」的「共同點」，並不是沒有理由的。

統而言之，胡風等人當年幾乎無一例外地認爲他們的「改造」已經完成，「立場」已經轉變，即使尚未「完成」，也可以在艱苦的「創作實踐」中通過「自我鬥爭」逐步實現，並不需要通過其他的方式，正如他們所尊崇的魯迅先生那樣。胡風曾具體地把作家們的「改造」過程描繪成「創作實踐裏面的一下鞭子一條血痕的鬥爭」或「他們內部的，伴著肉體的痛楚的精神擴展的過程」。

然而，問題的關鍵就在這裡。毛澤東在「延座講話」中強調的「改造」途徑只有一條「到群眾中去」，而且將其放在創作實踐之前，而不是之中或之後。毛澤東是這樣表達的：

> 中國的革命的文學家藝術家，有出息的文學家藝術家，必須到群眾中去，必須長期地無條件地全心全意地到工農兵群眾中去，到火熱的鬥爭中去，到唯一的最廣大最豐富的源泉中去，觀察、體驗、研究、分析一切人，一切階級，一切群眾，一切生動的生活形式和鬥爭形式，一切文學和藝術的原始材料，然後才有可能進入創作過程。

毛澤東認爲生活實踐與創作過程應該分論，前者居於首要的地位，他看重的是文藝家從感性經驗到理性認識的「改造」過程；而胡風卻認爲二者可以統一於創作實踐，後者應是中心，他注重的是個性、人格及表現方式的「自我完成」過程。如果說，毛澤東是以政治家的身份來談文藝學，那麼胡風則是以文藝家的身份來談政治學，都不免有點鑿枘不入。

也許可以這樣說，在「文藝服務於政治」、「文藝是階級鬥爭的武器」等重大理論問題上，胡風與毛澤東文藝思想並無二致；但在對創作方法、創作過程及作家精神活動的描述上，胡風則認爲毛澤東並沒有窮盡馬克思主義文藝思想的中國化，尚給他人留下了充分的發展空間。在上世紀40、50年代文藝學已淪爲政治學附庸的時代環境中，他們沒有想過從根本上改變這種狀況，而只是著意於「完成」（或「修補」）政治化的文藝學，儘管如此，他們的這種想法已足以成爲肇禍的根源。

　　《從頭學習》中以很多的筆墨論及「虛矯，浮誇，瘋狂，偏激」的小資產階級知識分子思想改造的必要性，並將其與「樸實，謙虛，謹慎，把穩」的老幹部們進行了對比：

> 我看到，凡是密切聯繫群眾的骨幹分子和領袖人物，久經革命鍛鍊的老幹部，各級負責同志，都有一種共同的作風：那就是樸實，謙虛，謹慎，把穩，慮而後動，謀而後行，不突出個人，不張揚自己，崇高的熱情納入清明的理智，偉大的理想凝爲鋼鐵的決心，總之就是所謂「平凡的偉大」。而自己和其他一些新參加工作的知識分子，則是虛矯，浮誇，瘋狂，偏激，時而劍拔弩張，時而萎靡不振，時而包辦一切，時而超然事外，需要高度策略性的時候往往來一場歇斯底里亞的破壞，需要堅決鬥爭性的時候，偏又來一套歇斯底里亞的溫情，結果造成工作上的巨大損失。

舒蕪對「舊知識人」品性的認識出來已久，至少可以追溯到 1944 年，那年他在致胡風的信中就坦然地承認「別人是遺老，我自己就是遺少，一切遺少的惡劣，在我都十全」，「自己其實就是所反對的東西的基礎，至少也和它有著血統的關係」；他對老幹部「平凡的偉大」的認識卻是近年來才有的，解放後胡風在給他的第一封信中告誡道：「多和老幹部接觸，理解這個時代。」他於是奉這個教導爲指南，在實踐過程中「向老幹部學了不少」，並眞誠地感歎道：「從老幹部們身上，看到了毛澤東思想的具體表現，和整風運動的偉大成功」，「毛澤東思想眞已浸透了整個革命的隊伍，隨時隨處看得到毛澤東思想的化身。」爲此，他還得到了胡風的勉勵。後人不查，竟以爲這是舒蕪「以吏爲師」的典型表現，卻不知這是時代風習使然。

　　胡風對「舊知識人」品性的憎惡更甚於舒蕪，前文已述，1943 年他初識方然時曾歎息「吃不消」他的「滿身儒者風度」，1944 年審讀《論主觀》時指出其「弱處」在於沒有寫到「今天知識人的崩潰這普遍現象」，同年耽憂阿壟因其「舊式才子」的脾性而「在文學上不能有所發展」，1945 年他建議舒蕪最好能「完全忘記了自己是讀書人」。1947 年他批評方然、綠原「總脫不了一種恃才的文學青年的氣氛」，並建議：「要改變，恐怕非把他（們）拖到泥塘裏打些滾不可。」

　　從這個角度來看，舒蕪將「舊知識人」（不包括胡風）的品性視爲「他們」的又一「共同點」，也並不是沒有理由的。

　　舒蕪在《從頭學習》中還特別批評了路翎將「舊知識人」品性理想化並外化入小說其他階層人物性格的錯誤，他寫道：

> 　　但是，後一種作風（指上文中的「舊知識人」的「虛矯、浮誇、瘋狂、偏激」品性），我們過去居然把它說成工人階級的「精神狀態」，還要「充分發揚」它。所以說「我們」，是因爲還有幾個人，曾經具有相同的思想。路翎就是一個。人民日報五月十二日的「文化簡訊」中說：「在路翎筆下的『工人階級』的『品質特徵』是：濃厚的個人主義和無政府主義思想，流氓和無賴的作風；工人階級的『精神狀態』竟是歇斯底里，精神病患者。」這是完全確實的。我和他，曾經在一起鼓吹這種「精神狀態」有好多年。十年來，他寫了不少的「工人」和「農民」，實際上都是這麼一類的歇斯底里亞的典型，至於他的筆下的那些「革命知識分子」，更是恰如上面所說的那種虛矯、浮誇、瘋狂、偏激的形象。他一向自以爲很能「認識人民」；我在解放以前好多年中，也一直對他這種「才能」非常崇拜，並爲他進行「理論」上的注釋和呼應。只是在實際工作當中，受到教訓，才逐漸看清我們先前那樣的鼓吹，實在是從多麼可恥的個人主義立場出發。

文壇對路翎小說的評論，從來就是褒貶有之；就是在胡風的朋友中間，也有不少人持不同意見，何劍熏很早就看出路翎小說缺乏眞實的生活體驗；1945年陳家康批評《財主底兒女們》「其中好像沒有一個神經正常的人，整個的像一個瘋子世界」〔註12〕；1948年方然批評《財主的兒女們》「死板地抽取時代性格，藝術地玩弄人物」〔註13〕。其他流派的評論家也有所針貶，1946年劉西渭（李健吾）從《飢餓的郭素娥》中讀出了「高揭自然主義的左拉的理論」〔註14〕，1947年唐湜則從路翎的近作中看出他「漸漸走向了浮誇的道路」〔註15〕。中共文藝領導圈中的理論家則惋惜路翎的才能走錯了路，1948年胡繩在《大衆文藝叢刊》上撰文批評其小說中各類人物都是小資產階級知識分子的

〔註12〕　轉引自舒蕪《給路翎的公開信》。
〔註13〕　阿壟1948年4月9日致路翎等信，載張以英編《路翎書信集》第106頁。
〔註14〕　《三個中篇》（1946年8月），錢理群編《二十世紀中國小説理論資料》第4卷，北京大學出版社1997年版第377～385頁。下不另注。
〔註15〕　《虔誠的納蕤思》（1947年），錢理群編《二十世紀中國小説理論資料》第4卷第484～500頁。

僞裝，懇切地希望他補上革命鬥爭實踐這一課。解放初，文壇上更流行著路翎小說人物具有「瘋狂性、痙攣性」的說法。

由此來看，舒蕪在「從頭學習」中批評路翎小說中的人物都是「歇斯底里亞的典型」，可以說是對幾年前何劍熏、陳家康、方然等提出的批評的附和，也可以說是沿襲了當時文壇的流行看法。

從歷史上進行考察，舒蕪對路翎小說的看法畢竟發生了根本的改變。1946年前後他曾撰文爲路翎進行過「『理論』上的注釋和呼應」，較有影響的一篇是載於《呼吸》的《什麼是人生戰鬥——理解路翎的關鍵》。該文以胡風的「創作實踐裏面的一下鞭子一條血痕的鬥爭」理念來解釋「人生戰鬥」（「主觀戰鬥精神」）的精義，並視路翎的創作實踐爲體現該理念的典範。

總而言之，《從頭學習》是一篇包含著「批評」在內的「自我批評」，其著眼點與基本觀念大致與半年前所作《向錯誤告別》相同，其基本思路也可從舒蕪爲此事給徐放及胡風的信中得到驗證。換言之，半年前他已在「改造者」的社會位置上對自己進行過一番「改造」，並希望朋友們也能有所覺悟。因此，文末的呼籲便一點也不奇怪了：

> 我希望呂熒、路翎和其他幾個人，也要趕快從書齋、講壇和創
> 作室中走出來，投身於群眾的實際鬥爭中，第一步爲自己創造理解
> 這個文件的起碼條件，進一步掌握這個武器。

值得注意的是，他在這裡並沒有提到胡風。原因無他，正如他年前向魯煤表白的那樣，「他（指舒蕪）認爲自己是小資產階級的」，而「胡先生在過去和現在無產階級思想當然要比他多得多的」〔註16〕。

然而，他沒有想到，不管他的願望是多麼眞誠，都不會得到被批評者的理解和諒解。他更沒有想到，該文會引起胡喬木的注重，讓《人民日報》轉載，並親自撰寫「編者按」，鄭重地提出「文藝上的小集團」的問題。他更沒有想到，此文一出，竟使得胡風「掃蕩」文壇的計劃頓時受挫。

〔註16〕魯煤 1951 年 12 月 28 日致胡風信。

9 「希望我自己檢討，否則他們提出來」

　　胡風於 1951 年底面見周總理後，與邵荃麟等談妥，先返回上海，翌年暑期搬家來北京。他已經想好了，待到那時，他便要重操文藝批評舊業，以犀利的筆鋒「掃蕩」文壇。

　　他於 1952 年 1 月 13 日抵返上海，暫時結束了兩地飄泊的生活。自解放以來，他就這樣像候鳥般地往返於京滬之間，失去了許多天倫之樂，得到的卻是一種尷尬的「兩不管」的特殊位置：在北京，他是上海來的客人，現職為上海文聯「工人文藝委員會」主任及華東文化教育委員會委員；在上海，他又像是北京下來的幹部，身兼文聯全國委員和作協全國常委兩個頭銜。

　　這種「兩不管」的特殊身份，也使得他在文藝整風學習運動中處境微妙。年前客居北京時，他出席了中宣部召集的「北京文藝界整風學習動員大會」（1951 年 11 月 24 日），他在當天的日記中寫道：「下午，參加『文藝幹部』整風動員大會，從一時半講到七時半，未講完即退出。講話者有胡喬木、周揚、歐陽予倩、老舍、丁玲、李伯釗、黃鋼、華君武、李廣田等。」幾天後（11 月 29 日），「田間約他去參加文學研究所小組『學習』前的一個漫談會，發言的同志都是對照整風文件檢查自己，而他只專心地聽著，未發一言，好像自己沒有什麼需要檢查的。〔註1〕」他能夠中途退場，他可以一言不發，除了個人的牴觸情緒使然之外，也與他的客居身份有關。

　　胡風返回上海時，當地的文藝整風運動還未展開。但他知道這是早晚的事情，無法避免。他在與路翎的通信中經常問到北京方面的情況，並對運動的態勢及特點作出估計。3 月 31 日他在致路翎的信中寫道：

〔註 1〕　梅志《胡風傳》第 594 頁。

現在是一個運動，潮流，那所要求的是「矯枉過正」，說得愈過就愈受到嘉許，於是，一切野心家都乘機而起了。反批評十之九要被當作妨礙運動前進的現象看的。所以，一是態度要好，個別談話也須如此，二是，發表文字事要考慮。

平心而論，胡風當時對整風運動態勢（「持久」）及特點（「矯枉過正」）的分析是準確的。他在同信中對路翎的叮囑——「最重要的是冷靜，態度好，不急於肯定下結論」——當然，也可視為他對整風運動將取的態度。

上海文藝整風運動正式開始於當年5月。梅志回憶道：「5月22日，上海文藝界召開整風動員大會，他應邀參加了。聽到舒同的動員報告、夏衍的檢討報告，以及黃源、于伶、鄭君里的檢討報告。又參加了上海文聯的文藝座談會，聽到陳市長的講話。後來，又參加了幾次整風小組的座談會。他每次都仔細地聽，並沒有發言，只覺得有些人給自己的帽子戴得太大了，以後可怎麼工作呢？〔註2〕」

將胡風3月31日致路翎的信與梅志的回憶稍作對照，便可發現，梅志並不十分清楚胡風對整風運動的看法。「給自己戴的帽子」無論怎麼大也不會影響以後的「工作」的，他不是說「愈過就愈受到嘉許」嗎？！不過，梅志回憶中「應邀」及「參加了幾次」等提法，倒是透露出了胡風當時的「作客」思想，這在胡風6月9日致路翎的信中也看得很清楚，他這樣寫道：「這裡整風非奉陪末座不可，要到月底。自己先走，又要滿城風雨的。想，日內去信要求去京，以決定房子，並希接談為名。可能是：（一）不理，（二）在華東工作，（三）來通知去。如（三）不可能那麼，只有過了整風自己去。但也許，去了還是給一個不理，我就自己找房子了。」

可見，他根本就沒有考慮過要在運動中「過關」（檢討）的問題，仍一門心思地盤算著如何熬過整風運動，順利地把家搬到北京去，以實現「掃蕩」文壇的計劃。

7月3日胡風致信路翎，若無其事地這樣寫道：「這裡整風完了，只剩總結之類了。未被要求發言談自己。」果真是這樣的嗎？當然不是。

7月23日周揚給周總理寫過一封信，提到中央和地方兩級文藝領導在整風運動中曾對胡風問題有過如下意見：「上海文藝整風開始的時候，夏衍同志曾問及對胡風如何處理。我寫信給夏衍、柏山同志，主張積極吸引他參加學

〔註2〕 梅志《胡風傳》第603頁。

習並對領導提批評的意見，然後採取適當方式，對他的文藝思想進行批評，幫助他作自我檢討。」〔註3〕

現在要探討的是：夏衍（時任上海市委宣傳部長）和彭柏山（時任華東軍政委員會文化部副部長）是否遵囑如此處理，是否如實向胡風傳達了上面要求他「檢討」的意見。

彭柏山這樣做過，時在當年 3 月，上海文藝整風正式鋪開之前。3 月 17 日胡風有信致路翎，其中寫道：「（蘆）甸兄聽部長說，討論我的問題時機成熟了，（彭）柏山來後探問了一下，說中央不同意我的一些論點，希望我自己檢討，否則他們提出來云。那麼，也許要玩一玩麼？」胡風從兩個管道得知了上面的意見：蘆甸工作的中宣部，從這個管道來的消息應該是可靠的；彭柏山任職的華東文化部，從這個管道來的消息也應該是可靠的。

周揚也這樣做過，時在當年 4 月，上海文藝整風即將開展之前。當時周揚路經上海，曾應彭柏山之約到胡風家去長談，他曾向中央報告過這次談話的內容，寫道：「我指出他在政治上一向是跟黨走的，在文藝事業上做了不少工作，他的工作態度也是認真的，但他的文藝理論是有錯誤的。主要是片面地強調所謂『主觀精神』，實際上就是拒絕小資產階級知識分子作家到工農群眾的實際鬥爭中改造自己·在這個基本點上，他的理論是和毛主席的文藝思想正相違背的。〔註4〕」話說得如此明白，明確地要求他「自我檢討」。但胡風還不十分相信這真是「中央」的意思，於是繼續通過其他管道繼續驗證。

5 月中旬上海文藝整風拉開序幕之後。胡風致信中國人民大學教師謝韜，囑其向周總理辦公室的工作人員于剛打聽「副座（指周總理）的話」。不久，消息傳來，竟與上述管道得來的別無二致。然而，他仍然不願深信，在覆謝韜的信（5 月 25 日）中還這樣寫道：

> 問題似乎不在公開討論（現在還大概不會），而是不理你。你等他「覺悟」，他也等你「覺悟」。就是這麼一個滑稽戲。
>
> 理論問題，原不過是一個名而已，問題實質主要地在那個宗派主義。那麼，決定關鍵在上面，看法問題和決心問題。于（剛）說，「首先應自我檢討」，如果原來的口氣果真如此，也許是上面氣氛的一點反映罷。

〔註 3〕 林默涵《胡風事件的前前後後》，載《新文學史料》1989 年第 3 期。下不另注。
〔註 4〕 轉引自林默涵《胡風事件的前前後後》。

事情至此應該完全清楚了：胡風在整風運動沒作任何表示，並不是「未被要求發言談自己」，而是在等待著有決定權的「上面」早日確定「看法問題和決心問題」。他希望上面執什麼「看法」呢？希望上面能發現文藝界的問題的「實質」並不在於胡風的文藝理論，而是某些文藝領導的「宗派主義」。他希望上面能下什麼「決心」呢？希望上面發現「實質」後能當機立斷，直接進行干預，徹底解決問題。

　　這種觀念久存於他的心中，但更加篤信則是由於當年 4 月間《學習》雜誌社受到中央批評一事的激發。《學習》雜誌 4 月號刊登了馮定的一篇論文，題為《關於掌握中國資產階級的性格並和中國資產階級的錯誤思想進行鬥爭的問題》。文前有「編者案」，稱：

　　　　《學習》雜誌本年第一、二、三期內，有些同志的文章，在關
　　於資產階級的分析的問題，犯有片面性的錯誤，馮定同志這篇文章
　　曾發表在上海《解放日報》，我們認為這篇文章的觀點基本上是正確
　　的，現在轉載在這裡。在轉載時，《學習》雜誌編輯部對於原文的個
　　別地方，作了修改。

自從路翎的劇本《祖國在前進》受到批評以來，胡風一直在和路翎討論如何根據中央有關政策修改劇本中資本家的形象，為此他非常關注理論界的最新動向，從中揣摸中央對有關政策的調整。他較早地從馮定的這篇文章聽出了上面的聲音，並敏感地意識到中央已發現了「三反」、「五反」運動中出現了或「左」或「右」的偏差。他把這些動向及時地通告了路翎〔註5〕。此時，他又從《學習》雜誌「編者按」中讀出了中央已在著手糾偏的訊息，感到非常興奮〔註6〕。由於這件事的激發，他想了很多：由理論界的偏向聯想到文藝界的偏向，由中央直接糾正理論界的偏向聯想到也可能糾正文藝界的偏向。他的這種思緒在 4 月 16 日致冀汸的信中表現得十分清晰：

〔註 5〕　胡風 3 月 31 日致路翎信：「3 月 24 日《解放日報》上，有馮定的一篇論資產
　　　　階級的文章，可代表現在的理論，可找來看看。」4 月 10 日信：「得甸信，附
　　　　寄關於楊耳等的錯誤檢查報告。看來，這種趾高氣揚的教條主義，是被注意
　　　　到了。」
〔註 6〕　胡風在 4 月 16 日致路翎的信：「馮定文章，《學習》重發表有改動，那值得對
　　　　看一下，就看得出領導上的理論。……這次戰役中右的偏向很快就糾正了。
　　　　比較著重的是左的偏向。《學習》雜誌的幾篇文章，基本上脫離了馬克思主義，
　　　　採取小資產階級的急躁情緒，批評是從概念出發的。」

「左」傾教條主義，馬上被發現了。《學習》二、三兩期上，幾
位理論紅人的文章，犯了錯誤，連宣傳部負責人都做了檢討（此事
不必說出去）。現在，《學習》停刊檢查，過些時大概要公開檢討的。

但在文藝上，教條主義不過是一種表現，骨子裏是惡毒的軍閥
主義在統治著，或者說，在爭取鞏固統治權。所以，這裡問題還要
複雜得多。對於這局勢，目前還看不出有什麼好轉的可能的。

此信傳達出幾層意思：第一，理論「紅人」是可能犯錯誤的，中宣部也是可
能犯錯誤的，文藝整風也是可能犯錯誤的；第二，理論界的偏差可歸之爲「教
條主義」，但文藝界的偏差則是「軍閥主義」（宗派主義），問題較爲複雜；第
三，中央是清醒的，既能「馬上」發現理論界的偏差，遲早也會發現文藝界
的「問題」。總之，他從中央對《學習》雜誌的批評和處理上看到了希望，覺
得本流派的生存出現了轉機。

尊上卑下，走上層路線，寄希望於最上層的決斷。這種觀念，在胡風的
腦海中根深蒂固。文藝家希冀借助政治之力，推行自己的理論主張，爲本流
派爭得更多的生存空間，胡風的這種想法和做法在普遍政治化的時代氛圍中
並不難得到理解；然而，既這樣想了做了，實質上就是自願地戴上了政治鬥
爭的枷鎖，不得不聽命於政治力量的擺佈。

如前所述，胡風自 1951 年年底與周總理面談後，曾產生過一種虛幻的樂
觀情緒。但返回上海後，感受到文藝整風大勢（「首先應自我檢討」）的壓力，
覺得「不及離京時想得那麼簡單了」。他一度對搬家去北京事感到猶豫，覺得
彭柏山說得對，「不弄清問題不能去，去了也是坐冷板凳，而且更難處。」對
朋友們建議的再次請求與周總理見面談問題事也感到躊躇難決，他覺得一則
「我的意見和目前的『潮流』正面相對，提了是不是弄到更難辦呢？」二則
顧慮到「（對方）可能相應不理，也可能拖，約見的可能很少罷」〔註7〕。待
到《學習》雜誌社事一出，他的虛幻的樂觀情緒又佔了上風。於是，他與彭
柏山商議，想乘周揚路過上海的時機和他談談，從側面探聽一些內情，然後
再給周總理寫信，請求周總理約見，把本流派所有的問題「端上去」，期望中
央插手解決。

胡風 3 月底便從彭柏山那裏得知周揚要路經上海的消息，當時他的打算
只是想從對方那時套出一點東西來，以決定下一步是否請求周總理約見。3 月

〔註7〕 胡風 1952 年 3 月 17 日致謝韜信。

27 日他在致路翎的信中寫道：「提意見要求見面的問題。我在躊躇。——子周（指周揚）從土改回來要過這裡。如見面，情形也麻煩，但同時也許可以看出一點什麼來。」

4 月中旬《學習》雜誌事發後，他在致路翎信（4 月 16 日）中的口氣就有所不同了。他這樣寫道：「等子周過此時，周旋一下，再考慮給父周去信。」信中「子周」指的是周揚，「父周」指的是周總理。順便提一句，有人說，胡風把總理當成父親般來尊敬，通觀全文，這種詮釋殊為可笑。這時他的想法已比較明確，給總理的信是非寫不可了，但如何寫、寫什麼則要待與周揚「周旋」之後〔註8〕。

胡風待與周揚「周旋」的目的究竟是什麼呢？原來，4 月初他在《文藝報》「內部通訊」上讀到了幾位讀者的「對胡風文藝理論的一些意見」，這不禁使他聯想起月前蘆甸、于剛和彭柏山從三個管道（中宣部、總理辦公室、上海市宣傳部）傳遞過來的訊息，他覺得文藝上層那些「宗派主義」的頭頭們真要同他「玩玩了」。但究竟要怎麼「玩」，是逼他「自我檢討」，還是「公開討論」，他的心中沒有底。此時，他最希望的倒是把問題「端上去」，讓中央來解決。而「端上去」（告狀）的前提是，必須儘量多地掌握對方的想法和打算。

4 月 23 日不明底裏的周揚在彭柏山陪同下來到胡風家裏，談了約三個小時。胡風在 5 月 11 日給路翎信中略述了談話的要點：

> 周（揚）過此，提出了兩點：（一）反對改造；（二）反對文學傳統。我解釋了一點，但未多談，談也是無用的。最後，他「攤」出來了：過去，罵盡了黨的作家。某某某又罵了郭與茅云。至於討論，也可以不做，或在內部做一做，先工作起來，以後再說，云。
>
> 他回去後當有討論，通知我去，云云。這內部討論，是柏君提議的。

信中寫得很清楚：是彭柏山提出要進行「內部討論」的，而周揚只是附議。這當是胡風與彭柏山在事前商量決定的，他既不願意「自我檢討」，也不願意「公開討論」，惟一的「端上去」的途徑便只有「內部討論」了。周揚此時剛從土改前線歸來，對如何處理胡風問題尚心中無底，因此他仍力勸胡風工作，對於是否「內部討論」並未明確表態。過去，研究者多以為 1952 年中宣部內部召開的「胡風文藝思想討論會」是周揚等為打擊胡風而精心籌謀的陰謀，

〔註8〕 胡風 4 月 7 日致路翎：「我的信，等子周來過後，得寫。現在時機不好。」

由此可見完全是誤解。換言之，「內部討論」是胡風的主動進攻，而周揚當時實處於被動應付的處境。〔註9〕

　　周揚當年在給周總理的信中，也彙報到了這次被動的談話。他寫道：「我四月下旬到上海，彭柏山同志（現任華東文化部副部長，過去和胡風關係較好）即告我，胡風知道我來，很願和我見面。我和柏山一道親自到他家裏，吃了飯，談了有三個小時之久。」談話長達 3 小時，有什麼沒有談到，有什麼話套不出來。周揚對胡風進行了酣暢淋漓的批評，胡風則把周揚的底牌摸得一清二楚。

　　4 月 29 日胡風按計劃給周總理寫信，信中彙報了與周揚的談話內容，並附上《文藝報》「內部通訊」的摘要。令人奇怪的是，同日他還「起草」了一封給毛主席的信，這卻是剛產生的靈感。胡風 5 月 11 日給路翎的信中提到了靈感何由產生的：

> 還有一個傳說：主席看過《路》，說，提法對，結論也對，分析
> 有錯誤云。根據這，我去了信，並把《通報》內容摘要寄去。要求
> 見面，要求在領導下工作，並給主席信，要求直接得到指示。

《路》指的是他作於 1948 年的長篇論文《論現實主義的路》，毛澤東是否看過這篇文章，迄今只有一個旁證，出自王元化的《我和胡風二三事》一文。王元化在該文中寫道：

> 北京開始批判胡風後，馮定（曾任華東局宣傳部副部長）專門
> 找我談話。那時我的想法很幼稚簡單，認為文藝界有宗派，而最高
> 黨的領導是完全正確的，可是由於全國剛解放，諸事待理，還來不
> 及過問文藝方面的事，一旦過問，許多問題就會迎刃而解了。我還
> 認為蘇聯也是這樣的。馮定和我談話時，向我嚴肅地說，毛主席把
> 胡風的全部著作都讀過了，認為胡風是反馬克思主義的，叫我劃清
> 界線。

文中說毛澤東讀過胡風「全部著作」，當然應該包括《路》，但讀後的結論是「反馬克思主義」，與胡風聽到的不符。這似可證實胡風的消息來源不是王元化，而另有其人，更可能是經多人輾轉相傳後已變質了的「傳說」。

〔註 9〕 戴光中《胡風》第 104 頁：「聽了周揚的批評，再聯繫到解放以來文藝工作的
　　　　實踐情況，胡風很不滿，也很不安，乃起念要向毛主席、周恩來報告請示。」
　　　　這種說法似缺少根據。

　　但，毫無疑問，這個「傳說」增添了胡風與周揚鬥爭的底氣，他當然也沒有忘記《歡樂頌》曾「第一個歌頌了毛澤東」的往事。對革命領袖的崇敬及得到革命領袖重視的雙重激情由此在他的心底裏交織著紮下了根，1954 年他在《致黨中央的信》中再一次重複「要求在（周總理）領導下工作」，「要求直接得到（毛主席）指示」，其自信也與這「傳說」有關。

　　5 月 4 日胡風將致毛澤東、周恩來的兩信寄出。等到 5 月 19 日，佳音未至。他有點沉不住氣了，在給路翎的信中抱怨道：「信去了兩周，尚無消息。昆乙先生（周揚）說回京後或者來信約去『內部』談談，也無消息。」接著，他又給謝韜去信，讓謝韜故作無意地向于剛「吐露」，「一、幾年來胡（風）想工作，二、想搬來北京，得不到幫助。」他希望這些話能及時地傳遞到周總理耳裏。

　　5 月 23 日《人民日報》發表社論《繼續為毛澤東同志提出的文藝方向而鬥爭——紀念毛澤東同志的〈在延安文藝座談會上的講話〉發表十週年》，這篇文章是林默涵執筆的。文中進一步強調了《講話》的重要意義，同時指出「目前文藝界存在的思想混亂的情況，主要表現在下列兩方面：首先，也是主要的，是資產階級思想對革命文藝的侵蝕。……其次，和上述傾向似乎相反，而實際上也是脫離群眾和生活的，便是文藝創作上的公式化和概念化的傾向。」胡風等努力地從中揣摸中央的意圖，他們從文中提到的第一個「傾向」中依稀看見了「殺機」，但從第二個「傾向」中看到了希望，於是樂觀地認為：「（上面）似乎也看到了問題，殺機似乎還有，但已經不願說得太顯了！〔註10〕」於是，更堅定了「端上去」的決心〔註11〕。

　　5 月 25 日，就在胡風焦慮地等待上層回音的時候，舊友舒蕪的《從頭學習〈在延安文藝座談會的講話〉》的文章突然現身於《長江日報》。武漢的綠原火急地將此文見報的消息告訴胡風，胡風 5 月 30 日覆信稱：

> 　　此文看到了。應該想像得到的。原來我們把他當作書生，現在看來，倒是我們是書生了。我想，這是示範，恐怕是經過長時間的工作的結果。

> 　　但我想，不能要別人「研究」，一來要搬開這個問題，免得學習

〔註10〕　胡風 5 月 24 日致路翎信。
〔註11〕　胡風 5 月 29 日致路翎：「梅兄等看到社論，要我再要求，而且把整個意見端上去。」

不好，二來呢，「研究」了也是說不清的。這就愈弄愈麻煩。在整風中，主要的一條是談領導，並檢查自己，除了同組的，是不要扯遠的。解放以前，只是各自爲戰，解放以後，是各各在領導下做工。誰和誰也不是穿連襠褲的，而創作的人又不專業理論，沒有牽在一起的道理。寧兄（路翎）處，就專談他自己，從未牽到別人的。外省比較遠些，但也應求得如此。誰也負不起別人的擔子。曾兄（曾卓）也可以如此。

他疑心舒蕪的這篇文章是經周揚等動員後寫出的，這當然是誤解。如前文所述，這只是舒蕪這個「書生」長期參與社會實踐活動主動進行「思想改造」的必然結果。試想，如果此文眞是周揚等的授意，爲何不在《人民日報》或《文藝報》首發，而要先見於中原一隅的報紙呢！此時，胡風最耽心的是本流派其他成員也會傚仿舒蕪，遂提請綠原諸人以路翎爲榜樣，主動檢討，只談自己，不要「牽到別人」。當時，他還沒有料到該文會引起雪崩效應。

彭柏山考慮問題比胡風周全得多，他建議胡風趕緊寫一篇紀念「延安講話」的表態文章，做出順應主流的積極姿態。胡風不得已地接受了建議，5 月 30 日起筆，6 月 3 日寫成，題爲《學習，爲了實踐》。〔註 12〕

細讀胡風的這篇「表態」文章，可以發現與舒蕪紀念文有許多的「共同點」。在這裡，理論家的原則性被政治家的策略性所替代，這是他的悲哀。他說過：「退一步就得退十步，退十步就非完全成爲影子不止。〔註 13〕」這裡，他豈止「退一步」，幸而該文未允公開發表，否則當會使仰望著他的朋友們大失所望。文章終於寫成了，交上去了，但事態突然又發生了變化，他的希望頓時落空。

6 月初，中宣部副部長胡喬木發現了舒蕪的《從頭學習》，批准《人民日報》（6 月 8 日）全文轉載，並親自撰寫「編者按」，全文如下：

〔註 12〕 胡風 5 月 25 日致謝韜：「在上面，也可能有問題。由於下面的影響，也由於轉不來彎，也由於政策需要，大概我不表示『態度』是不滿足的。那麼，我要著手準備寫一篇文章，抓一兩個中心點（不談過去），擁護《講話》。因爲有人提議了，所以不能不這樣。寫成了來京當面求教，同時解決問題。」胡風 5 月 29 日致路翎：「文章在想，很難寫。要當作『學習心得』寫。但找出一點頭緒來，過細一想，又違反了現實主義，就是說，會幫著塞死生路。但寫總得寫，寫了看能來京一行否。」
〔註 13〕 胡風 1953 年 8 月 17 日致滿濤、王元化信。

本文原載五月二十五日《長江日報》。作者在這裡所提到的他的論文《論主觀》，於一九四五年發表在重慶的一個文藝刊物《希望》上。這個刊物是以胡風爲首的一個文藝上的小集團辦的。他們在文藝創作上，片面地誇大「主觀精神」的作用，追求所謂「生命力的擴張」而實際上否認了革命實踐和思想改造的意義。這是一種實質上屬於資產階級、小資產階級的個人主義的文藝思想。舒蕪的《論主觀》就是鼓吹這種文藝思想的論文之一。下面發表的這篇文章表現舒蕪對於他過去的錯誤觀點已提出了批評，這是值得歡迎的。

中央報紙公開點出「以胡風爲首的一個文藝上的小集團」，這對正處於彎弓待發狀態的胡風而言，其打擊不啻晴天霹靂。從宏觀上考察，胡風與周揚等的主動、被動地位頓時發生了逆轉；從微觀上考察，胡風自此喪失了有所爲的心理基礎。

6月中旬，彭柏山將去北京開會，胡風委託他向周揚等正式提出「要求移京住」、「要求工作」和「要求討論」等要求〔註14〕。

從「無所求」到「有所求」，這是一個不同尋常的變化。前年胡喬木給了三個重要的領導崗位讓他挑選，他尚不願接受；如今工作單位還沒有影子，卻寧願到北京去坐「冷板凳」了〔註15〕。至於「要求討論」，他也許是這樣想的：問題「端上去」，中央肯定是要表態的，或許還有出現轉機的機會？！

〔註14〕 胡風 1952 年 6 月 13 日致路翎信：「日內柏君去京開會。一、託其轉達要求移京住，並要求工作，二、託其轉達要求討論，三、紀念文也帶去，但一定不會發表（爲了防其發表時亂按一通，正在考慮）。帶不帶信去，在考慮。」

〔註15〕 胡風 1952 年 6 月 9 日致路翎信：「考慮過：在華東不行，還是懸著，而且這裡的人們都是膽小如鼠的。這裡打亂仗，不如搬到北京坐冷板凳。再悶五年看如何。」

10 「此次大概要帶決定性罷」

　　1952年6月中旬至7月中旬，即從《人民日報》轉載舒蕪的《從頭學習》之後，到周揚通知胡風到北京來參加「討論會」之前的這段時間，胡風在上海比較忙。他主要忙於三件事——

　　第一件事，等待並打聽北京方面的反應。6月中旬他委託上京開會的彭柏山把《學習，爲了實踐》（簡稱「紀念文」）及一封「短信」送交周揚，信中內容涉及「看了《人民日報》按語以後的悼惑情況」，及「要求移京住」、「要求工作」和「要求討論」等要求。他十分關心北京方面對此事的反應。

　　彭柏山赴京半個月後，胡風致信路翎（6月26日），寫道：「幾天內有人自京回來，看如何回答我。」然而，彭遲遲未歸。6月30日胡風又致信路翎，分析道：「看這幾天回來的人帶來什麼話。我想，多半置之不理。或者，甚至抓住紀念文罵一通。看情形決定。……昆乙（指周揚）報告，把要點記下見告。或者對紀念文暗槍，或者竊取，都可能的。」他認爲，周揚取第二種態度「罵一通」的可能性較大。因此特地叮囑路翎，如果周揚近期作報告時「罵」到「紀念文」，就把要點記下寄來，以便作進一步分析。然而，周揚並未「罵」。7月6日路翎覆胡風信，寫道：「昨日劇院接管，昆乙來說了話，沒有談特別的什麼。」

　　後來的事實證明，胡風當年猜測的兩種可能性都不存在。周揚收到胡風的「紀念文」後，既沒有「置之不理」，也沒有「大罵一通」，而是給周總理寫了一封信（7月23日），請示如何幫助胡風「檢討」的問題。他這樣寫道：

　　　　他（胡風）在整風中寫了一篇紀念延安文藝座談會講話十週年
　　的文章，其中對自己的文藝思想毫無批判，此文，上海方面沒有發

表。對胡風理論的批評，上海方面表示困難，沒有進行。同時，北京《人民日報》發表了舒蕪的自我檢討的文章，按語已正式提出胡風理論錯誤的問題，最近《文藝報》發表了有關胡風思想的兩封讀者來信，胡風更急切地要來北京，而這個批評的工作，也只有由北京來做了。〔註1〕

周揚認為胡風「紀念文」毫無自我「批判」的誠意，並說這也是上海方面文藝領導的意見；還反映了上海方面提出的「困難」，希望兼顧讀者和胡風本人的要求，把「批評」的工作放在北京來做。信中提到的「讀者來信」載於《文藝報》第66期（7月10日出版），兩位讀者都表達了「清算」胡風文藝思想的強烈要求。後來，胡風認定這兩封讀者來信都是《文藝報》（主編馮雪峰）組織通訊員寫的。

第二件事，與路翎商議如何「反擊」《文藝報》批評的問題〔註2〕。如前文所述，1952年3～5月《文藝報》刊出了陳企霞和陸希治的兩篇文章，嚴厲地批判了路翎的劇本《祖國在前進》和小說集《朱桂花的故事》，當時正值整風高峰期，胡風勸路翎暫時隱忍，「過了學習」以後再謀「反攻」〔註3〕。忍耐到6月間，孰料《人民日報》竟轉載了舒蕪的《從頭學習》，還加了如此嚴厲的「編者按」，他實在控制不住了。6月30日他致信路翎，讓他把早已準備好的兩篇反批評文章拿出來，並囑咐他去見見《文藝報》的主編馮雪峰並寫信直接向周揚反映情況，這當然不是對他們二人抱有什麼幻想，而是向他們表明絕不妥協的態度，並為以後「端上去」作必要的鋪墊而已。

第三件事，與朋友們商量如何對付舒蕪的「反戈」。其時，胡風能夠與之商量這個棘手問題的朋友們不多，「希呼集團」（指《希望》和《呼吸》的核心成員）人數本不多，只有胡風、路翎、舒蕪、阿壟、方然、化鐵、冀汸數人而已。天津的阿壟在讀過《從頭學習》後曾給路翎去信，表達了對「死人復活」的詫異和氣憤〔註4〕，但他自己的麻煩不斷，自保尚且有困難，不能再

〔註1〕 轉引自林默涵《胡風事件的前前後後》。
〔註2〕 胡1952年6月（？）日致路翎：「原來，非表明態度不可，無恥一來，更非站出去不可。1‧愈快愈好；2‧不是防禦，而是反擊。橫豎這問題，不是輕易了結得了的，不存幻想，就好辦了。」
〔註3〕 胡風5月29日致路翎信。
〔註4〕 阿壟1952年6月9日致路翎信，轉引自李輝《胡風集團冤案始末》第102頁。

爲流派做什麼；方然一度呈「萎縮」狀，冀汸則有「脫出之意」，化鐵早已改了行〔註5〕；胡風只能與北京的路翎商議。

他們首先考慮的是如何設法堵住舒蕪的嘴。路翎 6 月 9 日給胡風去信，寫道：「放兄（徐放）說我可以先寫信給方君（指舒蕪），戳一戳他過去思想的底，我還沒有決定。」胡風認爲這個辦法不是上策，於 6 月 13 日覆路翎：「去信，你考慮，但千萬大意不得。如能殺其勢，且不被據而再賣，才可以。否則，不理他，過些時再說。你考慮。」究其實，舒蕪「過去思想的底」與他們基本相同，如何「戳」，又「戳」什麼？路翎認爲此舉不可行，於 6 月 15 日再致胡風，寫道：「暫不揭他吧，也沒有時間。今天翻了一翻重慶那時他給我的一些信和舊詩，就覺得事情當然會如此，並也能想到他現在在怎麼想。」其實，路翎的這番話也沒有說到根本上，如前所述，當時被他們指責爲具有「舊文人」習氣的朋友並非只是舒蕪，還有方然、阿壟和綠原等，後三人並未離他們而去，而並不具有「舊文人」習氣的其他朋友如天津的魯藜、北京的魯煤及南方的化鐵等，卻早已漸行漸遠。

他們考慮的另外一個辦法是向中央打報告，說明他們與舒蕪之間並不存在「小集團」的關係。這個辦法是胡風提議的，得到了路翎的讚同——

> 胡風 7 月 3 日致路翎：「看情形，也許就『小集團』和無恥關係
> 提一報告上去。」

> 路翎 7 月 6 日致胡風：「就『小集團』及 XX 文寫一正式的報告，
> 我覺得倒是辦法。」

不過，他們將如何撇清與舒蕪之間長達 7 年（1943～1950）的密切關係呢？胡風 6 月 9 日給路翎寫了一封長信，指導他在整風會議上如何就舒蕪問題發言。信中指明可以從如下五個方面著手：

> 第一，是在一起過。但對於他的書生氣和「虛無」氣一向不滿
> （把他叫做五四遺老），爭論很多。沒有誰說過 A、B、C 的話，恐
> 怕只有他才這樣想的。

這是揭露他的「舊文人」習氣。

> 第二，厭惡馬列主義云云，完全相反。他當時總是以談馬列主
> 義爲得意的，自己也正在讀一些馬列主義，正在以爲用馬列主義認

〔註 5〕 路翎 1950 年 6 月 19 日致胡風信。

識社會的入門中，頗為沉醉的。當然，對他的學究式的談法有反感，也有爭論。他的文章，總是卡爾如何，云云，可以為證。不是他當時欺騙，就是他今天虛偽。

這是揭露他的教條主義。

第三，分手後，偶有往來，心情日遠。他在故鄉不參軍而跑出來依然當教授，我們就給了他不客氣的批評。

這是揭露他的政治歷史問題。

第四，他總想弄文藝批評之類，以為他的哲學可以應用得很「深刻」，自己以為他不懂現實鬥爭，也不懂文藝，勸他不要弄，也有過爭論。Ａ、Ｂ、Ｃ 的話大概是他如此想的。那時，我們是研究了《講話》，所以立志要寫勞動人民的。

這是揭露他的虛浮作風。

第五，解放後不通信。見面時，想來北京。但看得出他是一副冷嘲態度，小貴族的心情。等等。

這是揭露他的現實政治表現。

可以看出，胡風試圖把他們與舒蕪關係的截止期定在 1949 年，之前雖「在一起過」，但時有爭議，之後「心情日遠」，解放後則「不通信」。這當然不是事實，在此且不深論。還可以看出，胡風當時最想撇清的問題其實只有一個，即《從頭學習》一文中提到的——「十年前，當《在延安文藝座談會上的講話》發表的時候，國民黨統治區內某些文藝工作者，認為這些原則『對是對，但也不過是馬列主義 ABC 而已』，認為這是很容易解決、也早就解決了的問題。」——他如此看重對「延座講話」的態度問題，與他始終對最高領袖抱有莫大的幻想和期待有關，在此不述。

當然，這五條並不足以撇清與舒蕪的關係，也斷然不會使得上面信服。6月 13 日胡風在寫給路翎的信中又作了一條重要的補充，他建議路翎翻出《論主觀》的歷史公案，徹底抹煞他們之間理論上的聯繫。他寫道：「關於無恥（指舒蕪問題），一定要你發言罷。當然揭露他。而且，那文章（指《論主觀》），並非當作肯定意見，而是作為討論的（你當時聽到如此），而且，當時沒有人完全同意他。」

不久，胡風和路翎都就「小集團」與舒蕪關係問題向中央寫了報告，主要內容大體就是這些，只補充了一條所謂「叛黨」問題，且待後述。

　　這個時期，胡風除了操心以上三事外，還特別爲如何處理劇作家魯煤與路翎的緊張關係而焦心。魯煤曾在《希望》上發表過詩作，後進入解放區，解放前夕在周揚的指導下主筆創作多幕話劇《紅旗歌》，成爲主流文藝的代表。因而，他對周揚、胡風都懷著友好的感情，也因之長期徘徊於「黨性」和「派性」之間。1951 年底他去廣西參加土改時曾看望舒蕪，長談之後馬上將對方思想異動向胡風通報，卻又在信中爲其思想轉變作辯護，爲此引起了胡風的不快。1952 年 6 月魯煤結束土改返京，與路翎時有意見分歧和衝突，更引起胡風的猜疑。胡風非常擔心魯煤在廣西土改時與舒蕪交往過多受到影響，曾不安地詢問路翎「煤兄回來之前見到方（指舒蕪）否？」隨著時間、環境的推移變化，路翎與魯煤之間的磨擦增多，胡風也對魯煤越來越不信任了，後來甚至懷疑他是「官方」派來的探子──

　　6 月 9 日胡風致路翎信：「對煤兄，現在似乎還可以談談的。」

　　6 月 19 日胡風致路翎信：｜魯兄來，不簡單。也許是整過的結果」。

　　6 月 XX 日胡風致路翎信：「魯兄可能有任務，注意。不能把改稿子向他談。｜

　　6 月 30 日胡風致路翎信：「煤兄事，可否由放兄勸一勸。他不會受什麼大累小累，只要不是專門討論某某，他應該可以避免這個問題的。頂好能勸住，免得麻煩加火。」

　　7 月 3 日胡風致路翎信：「煤兄，可能的情況是：（一）空氣太重，過於緊張了；（二）改造過程中，檢討缺點是首先的要求；（三）他的交遊是大家知道的，也許不會不給他以工作任務的。」

解放初期，在改造思想以適應時代要求的形勢和氛圍下，知識分子大都經過「強迫」階段的政治學習而進入「自覺」階段的思想改造，對於身在「單位」且受「組織」約束的個體而言，這個過程往往更體現於不知不覺之中。胡風周圍一些朋友的轉變，也可作如是觀，他們的「檢討」大都並不是上級「經過長時間的工作的結果」，他們的「批評」也不能簡單地視之爲「洗手」，當然他們通常也並未承擔組織賦予的特殊「任務」，魯藜、魯煤大抵如是。

　　舒蕪的情況能不能也這樣理解呢？直言之，有些研究者們對此缺乏信心，尤其是對於舒蕪繼《從頭學習》後撰寫的《致路翎的公開信》（以下簡稱爲《公開信》），他們覺得難以把握作者彼時彼地的寫作動機。

　　《公開信》寫於 1952 年 6 月，正是上文提及胡風爲諸事忙得不可開交的那段時間，舒蕪是在收到《人民日報》的約稿信後開始構思的。據葉遙（當時在《人民日報》文藝組工作）回憶：「文章（指《從頭學習》）轉載後，文藝界特別關注按語中的「以胡風爲首的文藝上的小集團」提法，曾聽到一些議論，贊成的居多，不贊成的也有，如說提「小集團」是否重了些。……胡喬木同志告訴袁水拍同志，用報社名義給舒蕪同志寫封約稿信，請舒蕪寫篇較詳細的檢討和批評文章。這封約稿信，袁交我起草，信寫好經袁看過，以報社名義發出。〔註6〕」

　　葉遙是舒蕪妻子陳沅芷的大學同學，解放前曾擔任過《泥土》的編輯，解放後未通過音訊。由於不知對方的詳細地址，約稿信是寄往武漢的《長江日報》轉寄南寧的。

　　舒蕪在自傳中提到這次約稿事，他寫道：「早在五六月間，《人民日報》給我來信約稿，要我接著《從頭學習〈在延安文藝座談會上的講話〉》之後，再寫一篇比較詳細的檢討與批評文章。我當時想了想，不想把這個文章寫成批評或者檢討的樣子，覺得這些問題本來就是在朋友之間討論討論的東西，就算是爭執，也是朋友之間的爭執，於是就寫了一篇《致路翎的公開信》。這是 1952 年 6 月 22 日寫的。〔註7〕」

　　《人民日報》所給的是一個比較寬泛的主題，而舒蕪則出於「改造者」與「被改造者」的雙重身份，按照對方提出的「檢討和批評」的要求，又將此文寫成了包含著「批評」在內的「自我批評」。《從頭學習》中「自我批評」的分量要重於「批評」，正如胡喬木的「編者按」所說，該文主要是檢討「《論主觀》一文的錯誤觀點」；而《公開信》中「批評」的分量則更重於「自我批評」，也如《文藝報》的「編者按」所說：

　　　　這裡發表的舒蕪的《致路翎的公開信》，進一步分析了他自己和路翎及其所屬的小集團一些根本性質的錯誤思想。這種錯誤表現在：以小資產階級的個人主義的「鬥爭」當作革命道路，而否認工人階級的領導；片面地、過份地強調「主觀作用」，實際上這「主觀」卻是小資產階級的主觀，其實就是強調小資產階級的作用，企圖以

〔註6〕　葉遙《我所記得的有關胡風冤案「第一批材料」及其他》，轉引自《舒蕪集》
　　　　　第 8 卷第 415 頁。下不另注。
〔註7〕　《舒蕪口述自傳》第 237 頁。

小資產階級的面貌來改造世界。這種錯誤思想，使他們在文藝活動
上形成一個小集團，在基本路線上是和黨所領導的無產階級的文藝
路線——毛澤東文藝方向背道而馳的。

該文原應在《人民日報》發表，卻載於《文藝報》9 月 25 日出版的第 19 號。
這也許是胡喬木的主意，報社文藝組的一般成員如葉遙等並不知情。

按照一般的理解，在該文面世之前，作為普通讀者的胡風不大可能得知
該文的內容。換言之，該文在公開發表之前，不大可能對胡風的判斷力產生
影響。然而，事實卻並非如此。

根據胡風書信，至遲在 6 月 30 日，遠在上海的胡風已獲知該文的約稿經
過和標題，並猜測出該文的大致內容。他是通過兩個管道得知這些訊息的：
其一是《長江日報》文藝組組長綠原，其二是《人民日報》副刊編輯徐放。
他從前者處得知「(《人民日報》) 曾由武漢轉約稿信給舒蕪，「要他深入地寫
寫，他就這樣『深入』了」〔註 8〕；他從後者處得知該文的標題及大致內容，
「無恥 (指舒蕪) 已寄一篇二萬字的致某青年小說家的公開信到《人民日報》。
當會在那個《報》上發表的罷」〔註 9〕。獲知這個消息後，胡風對計劃中的反
擊《文藝報》事猶豫起來，他在給路翎的信（6 月 30 日）中寫道：

> 無恥信一來，更非站出去不可了。情形困難，但似乎也非如此
> 不可。商量一下，是否把這兩篇先拿出來？一大刺激，或許會引出
> 一窩蜂來的，但不如此也不可似的。商量一下決定罷。

當時，他對《公開信》發表後的不利影響考慮得很多，但苦於不知道該文的
具體內容，不能預作準備。同信中，他囑咐路翎多方打聽「其中的大意」，並
「準備作答」。3 天後（7 月 3 日）他又致信路翎，對《公開信》的內容作出
種種揣測：

> 關於他 (指舒蕪)，要作準備。那二萬字，可能有不少誣告成份。
> 或者攻擊《兒女們》，由作者明白聯及或暗射某某，或者捏造一些作
> 者的「隱私」。如果發表了，那是非回答不可的。刊物第一期，在他
> 的大文 (指《論主觀》) 後附錄有作者意見，提到「爭得面紅耳赤」
> 的話，由這以及逐條意見中，可找出一兩點來作為回答的根據的，
> 當然還要牽涉到相交期間及解放後對他的看法罷。

〔註 8〕 胡風 1952 年 7 月 3 日致路翎信。
〔註 9〕 胡風 1952 年 6 月 30 日致路翎信。

他的揣測是從路翎可能面臨的麻煩出發的，他推測：可能涉及長篇小說《財主的兒女們》，甚至可能會聯繫到自己的理論。路翎在《財主的兒女們》塑造了一個「用他的全部生命」作「個性解放」追求的青年蔣純祖，這是中國現代文學史上少見的「迷路者」形象，後人曾評之爲「令人戰慄的極端利己主義者」，在這個形象的身上有著胡風、舒蕪當年積極主張的「主觀戰鬥精神」的縮影〔註10〕。其二可能涉及載於《希望》第1期的論文《論主觀》，他耽心路翎會因此脫不掉干係。附錄中收有路翎的意見，舒蕪原本是爲顯示寫作態度的認眞，用來堵批評者嘴的，胡風在此卻建議路翎將其作爲依據，以證明當年他們就持有不同看法。

路翎見胡風如此愼重，也感到有些緊張。他找到在《人民日報》工作的徐放和在中國作協工作的閻望（閻有泰），打聽到《文藝報》下期「將有有關某某（指胡風）的讀者投書」，但沒有打聽到有關舒蕪文的細節，遂於7月6日覆胡風：

　　　　XX 文（指舒蕪《公開信》），昨日曾問放兄言兄，均不知道。
　　看能瞭解一下否。我想主要的當是攻擊《兒女們》及誣告。

就在路翎寄出這封信的當天，胡風收到了周揚的回信，信是彭柏山從北京返回上海時帶來的。周揚在信中寫道，《學習，爲了實踐》一文「對目前文藝上公式主義的批評，有很多好的意見」，但因未作自我批評而「不宜發表」。他約請胡風到北京來，說「我們將討論你的文藝理論問題」。

胡風7月9日致信北京的徐放、路翎，寫道：

　　　　前四天得昆乙（指周揚）信，約到京討論。也許一週左右就來
　　了。這兩天，在把全部東西流覽一下。此次大概要帶決定性罷。

後來的事實表明，在對胡風命運起到「決定性」作用的這個討論會上，舒蕪的《公開信》的作用是相當有限的，眞正起到「決定性」作用的是胡風「端上去」的決策和周揚等的縝密應對及這二者的交互作用。

〔註10〕錢理群《探索者的得與失》。張環、魏麟、李志遠、楊義編《路翎研究資料》，北京十月出版社 1993 年，第 156～173 頁。

11 「微笑聽訓」

　　1952年7月6日周揚打電話給彭柏山，同意他提出的「內部討論」的建議，請胡風到北京來「討論文藝理論問題」，還說：「中央認為胡風是一個人才。〔註1〕」

　　此時胡風稍許定心了，自5月4日寄出給毛澤東和周恩來的信後，他一直為未收到回音而焦慮；自6月初委託彭柏山向周揚轉達「要求移京住」、「要求工作」和「要求討論」的意願後，他一直為沒有得到明確答覆而不安。現在，塵埃落定了！

　　由此，他產生了許多聯想：他想到，周揚是無權決定「內部討論」的，這必定是更上層的人士發了話，也許是寫給毛澤東、周總理的信發生作用了；他想到，周揚是不會情願說出「胡風是一個人才」這種話的，必定是轉達更上層人士的看法，這個好印象也許得之於他解放後大量創作的頌歌和頌文。1976年他在《簡述收穫》中回顧了當時的想法，寫道：

　　　　後一句話的意思當然是，因為重視我，所以要討論我的文藝理論問題。我當時想，解放後我寫了些新人物記和詩，如果是肯定了這些而這樣看，當然不足為怪。否則，我說得上什麼呢？
後來的事實表明，胡風的上述想法似乎都缺少事實依據。

　　行前，他作了一些必要的準備。他改寫了兩份給中央的報告，一份是「關於《希望》的報告」，一份是「關於舒蕪的報告」，這些都是為了澄清「小集團」之說而寫的；他重讀了自己過去的著作，這是為「內部討論」的發言作

〔註1〕　《胡風全集》第6卷第679頁。

準備；他還閱讀了馮雪峰的《民主革命的文藝運動》、布洛克的《共產主義的人物》和《談蘇聯文學》等著作，這是為修訂月前草擬的《目前文藝運動方案》積累資料。他的準備工作進行得有條有理，如果說兩份報告是為了解決歷史問題，重讀舊作是為了解決理論問題，修訂「運動方案」則是著眼於未來了。這是一環套一環的，沒有了歷史，就沒有了理論，也就沒有了未來。

胡風於 7 月 17 日啟程赴北京，臨行前買到了剛出版的《文藝報》第 66 期（7 月 10 日出版）。路翎在 7 月 6 日的信中已經通知過他「下期《報》將有有關某某的讀者投書，這以後將有賈爺（指賈霽）之類的文章」，因此，他對該期刊載的兩篇要求批判胡風文藝思想的「讀者來信」絲毫也不感到突兀〔註2〕。然而，後來他卻在「萬言書」中故作驚奇地寫道：

> 既然我提出了問題，周揚同志又約定了我來北京大家討論問題，但在我來北京之前趕著發表了這來信，這就造成了一種很急迫的不能平心靜氣地對待問題的情勢。彭冰山同志覺得這就把問題弄得更困難了，但覺得還是來北京的好，我自己更覺得有到北京來瞭解黨的要求和同志們的意見的必要。

在文藝整風運動中，個人對組織提出「問題」，是非常規的；組織要討論個人的「問題」，卻是很正常的；二者關係本不對等，前者卻要求後者「平心靜心」，這當然只能是奢望。

胡風於 7 月 19 日抵達北京，他在日記中寫道：「八時五十二分到前門車站。坐三輪車到文化部。周（揚）未見，由秘書楊昭騰引入東二樓號住下。」周揚為何不馬上接見胡風，當然有他的考慮。此時他已從正規途徑（（周總理秘書陽翰笙）看到了胡風 5 月 4 日寫給毛主席、周總理的信，他認為胡風信中所述與事實不符，而胡風提出的「問題」又正是整風運動必須面對的，正在考慮著如何通過組織程序來解決。三天後（21 日）周揚親自來到胡風住處，與他進行了長談，「希望他能對自己過去的理論採取客觀的批判的態度。」

自這次談話後，胡風的態度突然發生了變化。他取消了所有的「反攻」計劃，也放棄了在這「決定性」時刻的抗爭，而改為「微笑聽訓」。7 月 24 日他在給綠原的信中這樣寫道：

〔註 2〕 「讀者來信」之一為王戟《對胡風文藝理論的一些意見》，文中認為胡風理論「是偽裝成馬列理論的反動的唯心論觀點在文藝理論上的反映」；之二為苗穗《改變對批評的惡劣態度》，文中認為胡風思想是「披著馬列主義外衣而實質反動的思想」。

　　（周揚）說是下周談，又說是有人在寫（準備公開的），但到底
怎樣，也還是在捉迷藏中。一些情況，都使人感慨不已；但既已如
此，已無杞人憂天的福氣了。歷史在前進，誰也不能自己規定只應
該服什麼務的。……我很好，已經過去了六天。看見了幾個人，微
笑聽訓，更聲色俱屬的訓當還在後面罷。不要緊，我承擔得了，為
了這個階級事業，我會愉快地承擔的。到了明確地看到並不是為的
自己，那還有什麼不可能承擔的呢？如果委屈，也一定是如此，否
則，那怎麼算得委屈呢？

這個轉變非同尋常，月前（6月9日）他還鼓勵路翎在整風運動中不能妥協，
說是：「目前一仗，就是爭取以後流血少些的流血戰爭。以一員對全體，這就
說明了這個仗的正義性。」如今聽過周揚的一番話，他卻不想打這「一仗」
了，不想「流血」了，不想「以　員對全體」了，而甘願「微笑聽訓」了。
為什麼？

　　周揚此次與胡風談話的內容，可參看他於 7 月 23 日寫給周總理的信。信
中彙報了二個方面的內容：一是澄清胡風致總理信中的不實之辭，二是說明
胡風在整風運動中的表現，三是請示如何處理胡風問題。下面引用的是第三
部分：

　　　　我們準備由中宣部先召集少數黨內的文藝幹部討論胡風的理
論，指定林默涵為中心發言人（他正在準備），雪峰，丁玲等同志都
準備發表意見，黨內討論意見一致後，即召開討論胡風理論的小型
文藝座談會，由胡風首先作自我檢討性的發言（我已告他準備，估
計他的自我批評不會很好），然後大家發表意見，進行辯論。批評的
文章，選擇一兩篇好的在報上發表。如果他的發言有較好的自我批
評，也可以發表，我們當努力爭取他轉變和改正自己的錯誤。〔註3〕

這裡提到了兩個會，一個是黨內文藝幹部統一思想的會議，一個是即將舉行
的「胡風文藝思想討論會」；這裡還提到了下一步將公開發表批判文章和胡風
的自我批判文章。周揚在談話中告訴胡風的大概就是這些。這次談話的內容
對胡風來說有點意外，胡風月前還向路翎擔保他們面臨的不是「理論問題」
而是「對人的問題」（宗派問題）〔註4〕，以為「內部討論」只是唱「空城計」

〔註 3〕 周揚給周總理的信、周總理的批示及給胡風的覆信，均引自林默涵《胡風事
件的前前後後》，下不另注。
〔註 4〕 胡風 1952 年 6 月 13 日致路翎信。

〔註5〕，沒想到周揚等竟要在「理論問題」上較起真來了。當然，除此之外，胡風因還有著「要求移京住」、「要求工作」及「解決組織問題」等要求，他不能不考慮後果。

周總理於7月27日在周揚信上批示：

周揚同志：

　　同意你所提的對胡風文藝思想的檢討步驟，參加的人還可加上胡繩，何其芳，他們兩人都曾經對胡風進行過批評。不要希望一次就得到大的結果，但他既然能夠並且要求結束過去二十年來不安的思想生活，就必須認真地幫助他進行開始清算的工作。一次不行，再來一次。既然開始了，就要走向徹底。少數人不成功，就要引向讀者，和他進行批評鬥爭。空談無補，就要把他放在群眾生活和工作中去改造，一切都試了，總會有結果的。

周恩來
七月二十七日

同日，周總理還給胡風寫了一封覆信，讓周揚轉交胡風閱。婉拒了胡風前信中提出的「見面談問題」的請求，並囑其檢討。信中的態度非常明確，幾乎不可能引起誤解。全信如下：

胡風同志：

　　五月四日你給我的來信和附件均收閱。現知你已來京，但我正在忙碌中，一時尚無法接談，望你與周揚、丁玲等同志先行接洽，如能對你的文藝思想和生活態度作一檢討，最好不過，並也可如你所說結束二十年來的「不安」情況。

　　舒蕪的檢討文章，我特地讀了一遍，望你能好好地讀它幾遍。

　　你致毛主席的信我已轉去。

　　致以

敬禮

周恩來
七，二十七

〔註5〕 胡風1952年7月9日致路翎信。

7 月 28 日周揚約胡風談話，並把周總理的覆信給他看了。

在這裡，共和國領袖及文藝界負責人對胡風問題的關注程度及處理方式都十分清楚，他們此時並沒有把他視為不堪「改造」者，而是為他的「既然能夠並且要求」的覺悟感到欣幸，對他的宗旨仍是團結、批評、團結；當然，他們對胡風能否接受「改造」也感到信心不足，主張先進行「內部討論」，不行則公開「批評鬥爭」，再不行則放在實踐中改造，總之，組織上要盡心盡力地幫助他，促其改造過來。

在這裡，舒蕪的《從頭學習》對胡風集團案所起的作用也可以得到恰當的評估了，共和國領袖對胡風「文藝思想和生活態度」的看法不僅得之於「舒蕪的檢討文章」，更來自胡風自承的「二十年來的『不安』情況」，也就是說對胡風從參加左翼革命文學運動以來的全部歷史和現實表現的整體印象。

此時，胡風雖只讀到了周總理給他個人的覆信，還沒有讀到周總理在周揚信上的批示（註6）。但也足夠使他看清自己的位置，意識到自己的處境了。如果說他來京之前還非常自信，期待著中央認定他是「人才」而委以重任，那麼，現在可以說答覆已經明瞭，期冀也隨之幻滅。

他的態度隨之發生了根本的轉變，這也就可以理解了。第二天（7 月 29 日）他便「開始寫生活態度的檢討」，8 月 12 日寫訖，「交楊秘書轉送給周揚」。檢討題為《對於我的錯誤態度的檢查》，他在「萬言書」中曾談到這篇文章的主要內容，說：「我簡單地檢查了近二十年來我對於組織的錯誤態度。和理論問題檢查一起，在當時的主客觀條件上，我以為是盡我的能力初步地執行了黨交給我的任務的。」

這裡還有一個插曲，胡風交出檢討頭一天又去見了周揚。周揚告訴他，已發電邀請舒蕪來參加討論會，並囑他們好好地談談。胡風聽了這個消息後感到十分不安，當天晚上便給武漢的綠原寫信，通報了這件事，並寫道：

> 信收到。你給了我力量。態度（指檢討）即可寫出。看結果如何？
>
> 問題並不那麼簡單。剛才昆乙（指周揚）說，要無恥（指舒蕪）來參加，一週多以後可來云。這是三反五反的做法，當然要有一通胡纏的。他是風雲兒，過武漢一定紅得很。對他儘量和氣些，多請

〔註 6〕 胡風當天日記中只有「周揚約談話。得周總理信」的記載，未提到讀過周恩來在周揚信上的批示。

教，看問題在什麼地方，尤其重要的是，他會不會弄節外生枝的手
段？千萬和和氣氣地請教他，愈多愈好，那是有益的，爲了學習。
當然，我也希望從你間接得到教益。

信中所謂「請教」，所謂「爲了學習」，所謂希望「間接得到教益」，指的都是
要綠原從舒蕪那裏「套」出點東西來。胡風爲何如此忌憚舒蕪，爲何如此害
怕他「胡纏」及「節外生枝」，說到底，這裡有個歷史公案責任的歸屬問題。
如前文所述，舒蕪的《論主觀》和《論中庸》是在胡風的指導下寫成的，其
要害是反對政黨在整風運動中藉口統一思想對個人思想自由進行限制，並聲
援受到組織批評的喬冠華和陳家康等，其中涉及到一些絕不會得到原諒的「非
組織」活動。舒蕪在《從頭學習》中並沒有揭發，在《公開信》中也沒有觸
及這個敏感的問題，他對此也有所忌憚，胡風的恐懼其實是多餘的〔註7〕。附
帶說一句，由於舒蕪路經武漢時是深夜，沒有去拜訪友人綠原，綠原也因此
沒能給胡風提供「學習」資料。

中宣部主持的「胡風文藝思想討論會」共開過四次會議：9 月 6 日、11
月 26 日、12 月 11 日和 12 月 16 日。在舒蕪抵達北京之前，已開過一次會議。
在這會議上（9 月 6 日）胡風先發言，他「就《文藝報》發表的『讀者中來』
所提的理論問題說明了一下，並且申明這是初步的檢查，似乎得不出那裏面
所下的結論，希望同志們幫助」。接著，由胡繩、何其芳、林默涵、馮雪峰、
周揚等發言，他們「理論上提出了許多問題和要求」，最後由林默涵歸納，要
求胡風「就『現實主義』、『生活』、『主觀精神』、『民族形式』和『五四』五
個內容進行檢查」。

第一次會開過，胡風心裏覺得非常鬱悶。原因何在？據他回憶：

周揚同志傳達了周總理的指示，說不要先存一個誰錯誰對的定
見，平心靜氣地好好地談。林默涵同志也傳達過周總理的指示和胡
繩同志的意見，也是說不要先存一個誰對誰錯的定見。周揚同志還
要我自己在會上說話，說也許是別人誤解了我。我當然是需要把過
去彼此的意見加以分析研究的意思。但看一看氣氛和同志們的態
度，聽一聽同志們的意見，我覺得沒有這個可能，所以決定了用「依
靠組織，實事求是，盡其在我」的原則對待這個問題，專門檢查自
己的錯誤，不作任何申辯，盡可能快些做一個初步的結束，寫出檢

〔註 7〕 胡風於 1952 年 7 月 1 日重讀了《論主觀》和《論中庸》。

查來，免得多費同志們的時間。就在傳達周總理的指示的時候，周揚同志依然用的是嚴厲的口氣，現出了冷冰冰的不屑多談的神氣。

〔註8〕

這裡尚有疑問，周揚、林默涵既向他傳達了周總理的指示，大概不會只傳達「定見」這一句，周總理對胡風問題的處理批示早在 7 月 27 日已作出，內容已見於上述。如果說周、林二位沒有向胡風原原本本地傳達這個批示，致使胡風仍存在著「誰錯誰對」尚未確定的誤會，仍糾纏於對方的「態度」，這責任應在他們身上〔註9〕。

第一次會開過後，休會兩個多月，留給雙方以思考的充足時間。胡風 10 月 15 日給梅志去信，信中談到兩個新的想法：

（其一）「只要是真理，哪怕一點點，犧牲自己去保衛它，也是值得的。但如果不是真理，又怎樣不認錯呢？現在難就難在這個區分上面。」

（其二）「但當然，我早決定了要檢討，但問題是在這個『漫天要價』上面。我怎樣能夠黑白不分地亂說一頓呢？剛才林副（指林默涵）來，也許在本星期內要開會了，我將就幾個問題提出說明，檢查出的可以算錯的加以承認，再請他們提意見。這次會後，我就著手寫一篇，看能不能滿足他們。但我看，這是很難的。他們……大概還預備著文章，連無恥（指舒蕪）在內。不過，寫了，就不能以『抗拒』來論罪的。」

他突然對如何「區分」真理與謬誤的自我能力產生了懷疑，他突然道出「早就決定了要檢討」這個想法，他突然發現問題的關鍵在如何應付對方的「漫天要價」上。有了這些想法，就決定了其後的態度，結果也並非完全不可預期。

〔註 8〕 《胡風全集》第 6 卷第 125～126 頁。

〔註 9〕 胡風 1952 年 8 月 10 日給梅志信中寫道：「昨天，林默涵、嚴文井兩位副處長來過一次，態度很『親切』，不過又暗示了父周很關心，而且不要先存心哪一個錯了，應好好討論云。」《胡風家書》第 288 頁，復旦大學 2007 年版。下不另注。

12 「爭取愛護之情溢於言表」

　　舒蕪是在中宣部的催促下才有這次北京之行的。當年他記有「北行日記」
〔註1〕，起首一段概述了奉令赴京的經過：

　　　　一九五二年八月六日，廣西省委宣傳部轉知南寧市委宣傳部長
　　袁家柯同志，云中央宣傳部有電，要我即到北京，參加胡風文藝思
　　想討論座談會。通知送到時，已是七日之晨，當天下午，市委宣傳
　　部即覆一電，云我正參加試點學校思想改造，需帶頭檢討，問可否
　　遲兩周再啟行。十一日，中宣部覆電同意。廿五日，即至兩周之期，
　　本當即行，然運動方緊張，又遲兩日。至廿七日，市委宣傳部又致
　　電中宣部，問是否必須我到，意思就是不想讓我走。九月二日，中
　　宣部以長途電話來。通知，促立即動身，愈快愈好。於是，三日夜
　　十一時五十五分搭夜車北上，次日中午十時半過柳州，下午四時半
　　過桂林，五日上午五時過衡陽，晚十二時抵武漢；六日上午九時三
　　十六分自漢啟程，七日下午四時二十六分抵京。

前文已述，胡風8月12日從周揚處得知舒蕪將赴京參會的訊息，當晚便給武
漢的綠原寫信，囑其向舒蕪「請教」。未料到舒蕪此行卻是半夜12時抵達武
昌，次日清晨過江至漢口轉車，沒有時間去看望當地的朋友。綠原在武漢沒
有見到舒蕪，無法「請教」，也就沒能給胡風去信提供「教益」。

　　順便說一句，1954年胡風在「萬言書」中記載了舒蕪行前的一個傳說，

〔註1〕 「北行日記」發表時改題為《參加胡風文藝思想討論座談會日記抄》，載《新
　　　　文學史料》2007年第2期。下不另注。

他寫道：「北京打電報要他來北京參加討論我的思想，他動身之前告訴人：『北京沒有辦法了，我這次去是當大夫，開刀！』」

1989年綠原在《胡風與我》一文中也提到「開刀」說，他寫道：「8月中旬，舒蕪奉命去北京參加那個會，第三次路過武漢。這次他沒有找我，但找過曾卓，他對曾說，『北京拿胡風沒辦法，請我去開刀。』〔註2〕」

他們兩人關於「開刀」的說法不一致，一說是舒蕪在「動身之前告訴人」的，一說是他在武漢轉車時告訴曾卓的。舒蕪「動身之前」在南寧，他能與誰談這個呢？即使談了，胡風又怎麼能知道呢？舒蕪路經武漢時應該看望的朋友是綠原，他不去看綠原，而去看緣僅一兩面的曾卓，似乎不太合情理。查胡風當年與諸友的通信錄，未見有「開刀」說法。舒蕪抵京一週後，胡風曾給綠原去信（9月13日），信中說：「好久沒寫信了……他坐通車七日到此的。爲了做諸葛亮，意氣頗旺。」信中也沒有提到「開刀」，只是譏諷地提到「諸葛亮」。更爲重要的是，「開刀」之說；未見之於曾卓的相關回憶。

不過，從舒蕪這一面來看，當年他確有自醫和醫人的思想基礎，這是由他的「改造者」和「被改造者」的雙重身份所決定的。自參加「三反」和整風運動以來，他就有這樣的想法：「我承認，用政治標準和政策標準來衡量，我自己也在應受治療之列，那麼我就該主動服藥，無須待人強灌。〔註3〕」從這個角度來看，他的《從頭學習》和《公開信》都可視爲「主動服藥」的表現，至於他是否想過要給「也在應受治療之列」的胡風「強灌」藥水，筆者不敢臆測。話又要說回來，上世紀30、40年代走上文壇的進步知識分子大都懷著「醫國」的宏圖大願，胡風如是，舒蕪也如是。1950年胡風曾向胡喬木建言謹防文壇出現「灰色」時期，遭到對方漠視，便在給綠原的信中流露出醫者無所施其技的心態，說是「好像要考取一個醫生名義，但瘟疫正在蔓延開去，看著藥品沒有資格動用」〔註4〕。

舒蕪抵京後直接來到東總布胡同（全國文協所在地）。他在日記中寫道：「到文協後，有李秘書招待，與陳企霞一見，他有客在，即末再談。房子已準備好，還不錯。據李秘書說，胡風文藝思想討論座談會工作，是中宣部文藝處組織專門小組，直接主持，文協方面不太清楚云。」

〔註2〕 《我與胡風——胡風事件三十七人回憶》第534頁。
〔註3〕 《〈回歸五四〉後序》。
〔註4〕 胡風1952年2月8日致綠原信。

　　第二天（9 月 9 日）上午中宣部文藝處副處長林默涵、嚴文井來看他，談到第一次會討論胡風文藝思想的幾個中心問題，布置了他來此應擔負的「具體工作」。舒蕪在日記中寫道：

　　　　……他們告訴我，我此來的具體工作，一是全面研究一下胡風的文藝理論，特別是《希望》雜誌時代的理論，寫一篇對他們的正式批評，同時結合自我檢討；另一個是，參加胡風文藝思想討論座談會。……他們給我看了周總理給周揚和胡風的信，在給周揚的信上，指示此次批判應耐心幫助，不惜一而再，再而三，內部不行則公開批評，空言無補則讓胡風到實際工作中去鍛鍊。總之，爭取愛護之情溢於言表；在給胡風的信上，勸他和周揚、丁玲多談談，好好的解決思想問題，信末特別說「舒蕪的檢討文章，我特地找來看了兩遍，希望你多看它幾遍。」由此可見，周總理對這個問題，實在是非常關心的。默涵說，此次批評，內部與公開的，將同時進行。要把我的《致路翎的公開信》在最近一期文藝報上發表。

就在這天，舒蕪讀到了周總理在周揚信上所作的批示及周總理給胡風的覆信，清楚地瞭解到上面處理胡風問題的宗旨，深切地體會到上面對胡風的「爭取愛護之情」。順便說一句，胡風此時似乎還未讀到周總理的批示〔註5〕。

　　胡風只談到曾讀過周總理給自己的覆信。他在「萬言書」中這樣寫道：

　　　　周揚同志交來了周總理的信，除文藝理論以外還提到應該檢查「生活態度」。讀過以後我反覆地思索過，感動地發現了這是給我很大的幫助。以我這個追隨黨的事業的人說，首先應該澄清對於組織的錯誤態度，那以後，才能夠順利地檢查理論問題。周總理是把我當作階級事業的一個追隨者看待，所以才指示了這一點的。

讀沒讀過周總理在周揚信上的批示，對胡風來說相當重要。他若讀過，就會明瞭上面對他的基本宗旨，「認真地幫助他進行開始清算的工作」，「既然開始了，就要走向徹底」，「一切都試了，總會有結果的」。他若讀過，就不會誤以為上面還沒有「一個誰錯誰對的定見」，就似乎不會苛求對方的態度了。

〔註 5〕　舒蕪在《〈回歸五四〉後序》中曾回憶道：「林默涵說馬上去胡風處，將周總理此二信給胡風看。」但胡風回憶文章中未提曾讀過周總理在周揚信上的批示。故存疑。

可以假定胡風在參加第一次會議前還沒有讀過周總理在周揚信上的批示，但又必須指出，至遲在當年 10 月底之前（第二次會前），他已通過綠原從舒蕪處瞭解到了周總理批示的基本內容。如前所述，月前胡風曾囑託綠原多多「請教」舒蕪，並及時告知可供「學習」的資料，綠原也一直在盡心地做，雖然在舒蕪路經武漢時未能如願，但不久以後便「請教」出了這個有價值的訊息。事情的經過是這樣的：

9 月 25 日《給路翎的公開信》在《文藝報》發表，舒蕪隨即便給綠原去信徵求意見，並收到了綠原及時的回信。綠原在《胡風與我》一文中寫到他當時的心情及覆信的主要內容，見如下：

> 舒蕪的《致路翎的公開信》發表，「我們」「我們」地把「還有幾個人」一下子推到了「黨所領導的無產階級的文藝路線——毛澤東文藝方向」的對立面。我當時在武漢，對北京情況不瞭解，面臨「公開信」來勢洶洶，剎那間有點皇皇然。這時舒蕪從北京給我來信，問我對於「公開信」的意見。

> 我在給舒蕪的回信中含糊其辭，一方面說他的態度「基本上是對的」，並表示願意檢查自己，另方面則希望他傳達一下北京的部署。〔註6〕

綠原此時的「惶惶然」，也許是真實的；他在覆信中對舒蕪文章的肯定，也可能是真實的。如前已述，解放前他畢竟不是「胡風派」的核心成員，對當年情況瞭解不多。最後的一句話很有意思，「希望他傳達一下北京的部署」，這當然是在為胡風「請教」訊息。

舒蕪讀過綠原的來信，為他的態度感到欣慰，並把這封信轉給路翎看了。

10 月 15 日下午，林默涵又來到舒蕪寓所，談到上面對胡風問題處理的基本思路、胡風目前的認識狀況及如何幫助胡風諸問題。舒蕪在「北行日記」中也有詳細記載：

> 下午，林默涵來，談了如下幾點：

> 1，此次對胡風批評，以幫助他自己解決思想問題為主，教育讀者則是次要的，因其影響今已不大，並非當前文藝運動之主要障礙；

> 2，因此在方式上，也就以內部談談為主，不擬展開大規模的公開批評；

〔註 6〕 《我與胡風——胡風事件三十七人回憶》第 534 頁。

3，希望內部談一兩次可以解決問題，最後由胡風自己公開檢討，別人就不必多所批評；

4，即使不能全部解決問題，也希望能解決幾個根本問題；

5，實在談不通，也無法可想，只好遵照總理的指示，讓他到群眾生活實際鬥爭中慢慢求解決去；

6，胡風近來已不能說舒蕪不錯誤，於是特別強調當時他與我並不相同，我與路翎並不相同，意思是舒蕪的錯誤是舒蕪的錯誤，與胡風路翎無涉；

7，因此，領導上特別希望我寫一篇通過檢討自己來批評胡風的文章，證明相同之點。默涵說，我在此次批評中已起了積極作用，希望更進一步在這方面起作用；

8，對路翎，如果他仍固執不改，那是要展開批評的；

概而言之，林默涵所談的 8 點，完全符合周總理在周揚信上的批示精神。特別值得注意的是第1點，即認為「（胡風）影響今已不大，並非當前文藝運動之主要障礙」一句。回顧前文所述，舉行「討論會」原非周揚所願，而是彭柏山提議的，於此似可得一佐證。

當天，舒蕪又給綠原寫了一封長信，不僅將所知的「北京的部署」如實相告，還把林默涵所談內容也寫了進去。他寫道：

領導上對胡風很愛護，總理有信給周揚，大意說：「找黨內有關的少數同志和他談，幫助他解決思想問題。一次不行，兩次三次。內部不行，輔以適當的公開批評。空言無補，就讓他到實際生活中去，到群眾鬥爭中去，慢慢的長期的求得解決。」還有信給胡風，略云「我沒有時間約你談，希望你和周揚同志丁玲同志多談談，大家幫助解決思想問題。舒蕪的檢討，我特地找來看了，希望你多看幾遍！」領導上認為，胡風思想和《武訓傳》不同，故以內部談為主。如談得好，公開檢討一次就算了，批評一篇不寫，要寫也只一兩篇。但又估計目前不可能徹底解決，只求解決根本問題；如根本不行，就只好讓他到鬥爭中去。那時公開討論與否，當酌情而定。至於對路翎，則不同於對胡風，如仍固執，即展開批評。但領導上也認為：已有批評有一概抹煞的傾向；今後要力求客觀全面；他在根本點上有錯，但也並非一概要不得……

胡風、路翎都認爲，舒蕪的錯誤是舒蕪的錯誤，與胡風路翎無涉。因此，我的批評，將通過檢討自己來進行批評，以證明我們之間的根本上的共同點。（寫了一點，還要重寫；寫成以後，也不一定馬上發表。）領導上很希望有這樣的文章。因此，特別通知你：希望你將要發表的檢討，也能注意這一點——通過檢討自己來批評胡風，證明根本上的共同點，這對自己、對胡風、對讀者都是有好處的。同時，你給胡寫信時，也希望針對這一點多談一談。胡風、路翎認爲，《公開信》在原則上都對，但與事實不符。到昨晚爲止，路翎還不瞭解小資產階級思想與工人階級思想的界限，並說思想改造是小資產階級思想內部矛盾鬥爭的結果，因此矛盾中有一面通於集體主義。我以爲，此係癥結所在。最後，希望聽到你對《公開信》的具體意見……〔註7〕

將此信與上文有關內容略作一比照，可以清楚地看出，舒蕪不僅向綠原如實傳達了周總理兩信的主要精神，還如實轉述了林默涵兩次談話的主要內容。他是眞心希望對方能從中得到教益的。綠原收得此信後，當對「北京的部署」不再有任何疑問；他會將舒蕪信中內容及時地轉告胡風，這也應該是毫無疑問的。

附帶說一事，路翎看過綠原的那封肯定《公開信》「基本上是對的」的信後，馬上將此事告訴了胡風，胡風誤以爲綠原發生了嚴重的動搖，去信要他「即回信說得清楚一些」〔註8〕。綠原於 10 月 20 日覆胡風信，驚惶地寫道：

早晨發一信，接著收到你的信。是鞭子，叫我痛，更叫我清醒。

至今爲止，沒有寫什麼。已寫一篇，只談了自己，不合要求，放下了。

首先，怪我無知，沒有經驗以及意志薄弱。但沒有什麼，而且正在和自己作鬥爭。請相信我的一點忠貞，沒有吳止（指舒蕪）的動機；但看法和做法都幾乎壞事，也感到羞恥。

〔註7〕 轉引自綠原《胡風與我》，《我與胡風——胡風事件三十七人回憶》第 535 頁。
〔註8〕 轉引自《關於胡風反革命集團的第三批材料》，載 1955 年 6 月 10 日《人民日報》。下不另注。

　　吳止第一次文發表後，這裡就開始了對我的關懷。從三反批判
起，原說只在內部檢討；但到信和日報號召發表後，就說要寫文參
加了。一直拖，拖不下去，寫了一篇，沒有通過。大意是：過去就
是那樣的過去，有限制，有弱點（自己的）；要緊是現在，而現在是
有領導的。全文是從自己談到自己爲止。現在是僵住，說等負責同
志自京回後再說。大體過程如此。〔註9〕

信中提到的「早晨發一信」，寄去的是從舒蕪處「請教」來的信息。信中的懺
悔與表白，都是由於胡風的責怪而引起的。前文已述，綠原曾一度在「黨性」
和「派性」之間搖擺，此時「派性」又一次戰勝了「黨性」，「請相信我的一
點忠貞」云云，似乎用非其所〔註10〕。

　　胡風於 10 月 26 日收到綠原信，對「北京的部署」了然於胸〔註11〕。第
二天（10 月 27 日）便開始撰寫「阿 Q 供詞」（指《一段時間，幾點回憶》）。
當日他給綠原覆信，寫得很長，措辭也很奇特，信中多處寫到「黨」，如「他
（指舒蕪）在玩弄黨」，「這文章（指舒蕪的《公開信》）……使黨受損失」，「爲
了黨的事業，只有含淚地通過去」，「再也不能抽象地看黨了」，等等。很明顯，
這些措辭照顧到了綠原的政治身份。信中還對轉寄來的舒蕪信所述內容逐一
作了駁斥，如舒蕪轉述林默涵的話：「至於對路翎，則不同於對胡風，如仍固
執，即展開批評。」胡風分析道：「吾止（指舒蕪）的信，一是上面想通過他
透給寧（指路翎），一是他自己不想拖著寧救命，寧是一個丰要環節。這裡面
還有著實際上積下的仇恨和思想上的仇恨（恐懼）在起著作用。」又如舒蕪
信中轉述林默涵所說的「相同之點」（「共同點」）問題，胡風分析道：「現在
是在所謂相持狀態中。想歪曲眞理，基本上不可能了。因而，還想盡可能通
過吾止（指舒蕪）多少說明『共同性』這一點，來達到多少維持『小——』（指
小集團）的結論。不可能的。古（胡風）有報告和材料，寧（路翎）也有報
告和材料的。」如前所述，舒蕪信中全是如實的轉述，而胡風卻理解爲有「上
面」及舒蕪個人的兩層意思，似乎離事實太遠。

〔註9〕　轉引自《關於胡風反革命集團的第三批材料》。
〔註10〕　胡風 1952 年 11 月 7 日給梅志的信中寫道：「公開信發表以後，遂凡（指綠原）
　　　　動搖了一下，但現在已穩定了。」
〔註11〕　胡風 1952 年 10 月 31 日給梅志信中寫道：「他已曉得上面對我很『愛護』，所
　　　　以，現在就只想從『理論』上來放毒，太反常的謠言也許不敢造了。」信中
　　　　「愛護」云云，來自舒蕪 10 月 15 日致綠原信。

　　胡風最爲反感的是舒蕪竟鼓動綠原「通過檢討自己來批評胡風」（這也是林默涵的原話），他耽心綠原會受到蠱惑，便讓綠原把檢討的「底子寄來看看」，並囑其給舒蕪寫一封「告別」信，詳細地告之應從哪幾個方面來寫：

　　　　（一）（我）過細想過，覺得你的理論與當時歷史要求不符，依照你，那只有取消工作而已，（二）我覺得和你無共同點，除了當時因理論水準低，覺得你也可以說是在向反動思想作戰一點上，現在也還弄不清你的理論實質，（三）和古未通信，沒有力量提意見，等等。

　　　　給吾止的信，或者說得含混一點，一面起點解消前信的作用，一面引起他再發一次議論，叫把他的論點寫給你「參考」，再看情況擺脫他。

此信是代綠原作書，「我」指綠原，「你」及「吾止」指舒蕪，「古」則是指胡風。與其說胡風在此是指導綠原給舒蕪寫「告別」信，不如說他是「夫子自道」更爲恰當。第一段引文所敘三點顯非事實，在此不贅；第二段指使綠原再向舒蕪「請教」，這種做法實在稱不上磊落。

　　綠原爲了向胡風表白「忠貞」，馬上遵囑給舒蕪回了一封長信，認眞演繹著胡風提示的三個要點，並著重批駁了「小集團」和「共同性」問題。

　　舒蕪收讀綠原此信後，頗感意外，他以爲自己是眞心地爲朋友著想，本著希望大家一同進步的心願，不料卻被對方完全誤解。於是又認眞地覆了一封長信，再次表述自己的看法，卻墮入對方的「轂」中（被「引」出了將在第二次會議上發言的「論點」）。該信現存綠原處，他在《胡風與我》一文中曾摘引了如下一段：

　　　　現在倒要談談最主要的那個「小集團」的「共同性」的問題。……我感覺到，似乎正是我前一封信提了這個問題，才大大地刺激了你，「全身鎧甲」地向我奔來。你這封長信，引了那麼多的經典著作，用了那麼「嚴重」的風格，都和以前很不相同。……我實在沒有絲毫拉別人下泥坑的意思。難道那樣做對自己有任何「好處」麼？同時，我也十分自知，……自己所有的只是一套「讀書人」底脆弱、混亂、「書卷氣」，常常對自己的影子都感到討厭。所以，我更不會有藉「小集團」或「共同性」來把自己升高到大家同一水準上去的妄想。就是對於胡風，對於他底不可忘記的戰鬥功績，對於他給我

的許多直接間接的教育，我也是至今還保有很大的尊敬。然而，「小
集團」卻是客觀事實，「共同性」也是客觀事實……〔註12〕

舒蕪咬定「共同點」是「客觀事實」，對方卻矢口否認，雙方談不到一塊去。

第二次會於 11 月 26 日召開，據舒蕪日記所載，會議經過情況如下：

晚飯後，在辦公室樓上開會，到有周揚，胡繩，邵荃麟，馮雪
峰，林默涵，嚴文井，王朝聞，艾青，葛琴，王淑明，周立波，陳
企霞，胡風，路翎和我共十六人（蕭殷早退）。

先由胡風報告，前面一大段只是重讀舊文，後面檢討，說來說
去，還是「本來對，不過話未說清」這樣的意思。

然後我將「向錯誤告別」摘要說了一些。周揚指出，胡風還是
將小資產階級革命與工人階級混為一談，又未提到民族傳統問題，
特別是對問題不嚴肅，對別人意見毫不考慮，等等。

會前散發了三份列印材料：胡風的《一段時間，幾點回憶》、路翎的《答我的
批評者們》和舒蕪的《向錯誤告別》。胡風、舒蕪先後發言，胡風把「阿 Q 供
狀」口述了一遍，舒蕪檢討的果然是關於「小集團」的「共同點」問題。當
晚，胡風在日記中寫道：「無恥（指舒蕪）報告，強調地提出了和他（指胡風）
的『共同點』。」其實，他真正要面對的對手並不是舒蕪，可惜他始終不能正
視這個事實。

第三次會於 12 月 11 日舉行，據舒蕪日記載，會議經過情況如下：

晚七時半，開第二次座談會。到會的人，除上次的十六個人而
外，又加上張天翼，何其芳，田間，楊思仲，陽翰笙，合共二十一
人。發言的是默涵，雪峰，何其芳。他們三人講完，已至十一時，
就吃了點心水果，宣告休會。

日記中還記載了上述三人發言的要點。

林默涵發言中談到「（胡風）在文藝思想上，是不尊重黨的領導的」，並
說道：「胡風始終自命是正確的，是現實主義的唯一的代表人，現在還是如此。
他在大的政治方向政治鬥爭上，當然是和黨站在一起的。但在文藝思想上，
確實是不尊重黨的領導的。舒蕪提出這一點來，我起初還躊躇，可不可以這
樣說。但回想在重慶的那些事，以及他公開宣稱當時國統區文藝活動只依靠

〔註12〕《我與胡風——胡風事件三十七人回憶》第 580 頁。

一些小單位的話，終於確認這是事實。」舒蕪是在《公開信》中提出「這一點」的，他這樣寫道：「我們（當年）是這樣狂妄地看的：黨沒有能力領導文藝，還是我們才懂；我們願意合作幫忙，接受領導可不成。」

馮雪峰發言中談到「（胡風）在文藝思想上，確實是反對黨的路線的」，並說道：「胡風今天努力引用毛主席和魯迅的話，加以曲解，而目的仍是在於加強自己的理論。這是不對的。同則同，異則異；是則是，非則非。明明與毛澤東文藝思想相反，就應該坦白的講出來：『我不贊成這個，即使是毛主席的話，也可以討論。』這才能解決問題，弄清問題。」

何其芳發言中談到「胡風的現實主義……形成了對於毛澤東文藝思想的有意識的反對」，並說道：「他自命為唯一正宗。一切他所反對的，都被他指為反現實主義。他所攻擊的主觀公式主義，是指郭沫若。他所攻擊的客觀主義，是指茅盾。而一切他的小集團之外的東西，都被他簡單的派入這兩類。在他的描寫之中，國統區的黨所領導的文藝戰線，簡直是不存在的。所謂主觀公式主義和客觀主義，被他寫得與反動派沒有什麼不同。剩下來的，就只有他所領導的小集團。」

第四次會於12月16日召開，據舒蕪日記載，會議經過情況如下：

> 晚，參加第三次會議。發言的有胡繩、邵荃麟、田間、陽翰笙、艾青，最後，周揚做了總結，胡風表示了一些態度，散會已是兩點鐘。這次座談會，就這樣完了。

日記中也記載了上述諸人發言的要點。

胡繩發言中談到「胡風文藝思想的錯誤……第一是立場問題……第二是方法問題」，並回顧歷史，作了包括自我批評在內的批評，他說道：「對於胡風這種錯誤，我是理解的。四三年，我和喬冠華，陳家康，也是認為當時知識分子立場已無大問題，可是問題存在還那麼多，可見立場並不能解決什麼問題，於是也提倡什麼『生活態度』。由於當時我們犯了同樣的錯誤，所以當時我們對胡風的文藝思想是同情的。」

邵荃麟發言中談到「胡風和黨的關係」。他肯定道：「在政治上，胡風是和黨一致的。黨對於他，向來也看作一個非黨的布爾什維克。有些黨的會議，也要他參加。但在文藝思想上，他確乎是不接受黨的領導的。」

陽翰笙在發言中提到：「正如舒蕪所指出，他在文藝上是形成了宗派主義的。他自己說是自由主義，我看這自由主義已發展成了宗派主義。而宗派主

義就一定有它的思想基礎。從立場問題，現實主義問題，主觀與客觀的關係問題，知識分子改造問題，民族遺產問題，一直到對於國統區文藝戰線的估計，他都自有一套，一根線貫穿下來，總覺得只有他和他幾個同道的人對，別人統統不對，這樣，就自然的和必然的形成了宗派活動。但他對於這一點，至今還沒有認識。」舒蕪也是在《公開信》中論及胡風等的宗派主義的，文中第 5 個小標題即是「我們的錯誤思想，使我們在文藝活動上形成一個排斥一切的小集團，發展著惡劣的宗派主義」。

田間和艾青的發言都很短，田間談到：「他（指胡風）過去做了不少工作。今後，如不認識和改正自己的錯誤，是一點工作也不能做的。」艾青談到：「胡風因爲抹煞民族遺產，所以他的文章也是普遍的令人不懂。」

周揚在會上作了總結發言，錄其要點如下：

> 對於胡風的批評，應該從延安文藝座談會以後的時間開始；更具體的說，應該拿他的《論現實主義的路》作爲典型的代表。這是他在四八年寫的，五一年還重版了而沒有任何修正的。這裡面，有他的反社會主義現實主義的完整綱領。作爲一個文藝上的派別集團，這個綱領是與毛澤東文藝路線針鋒相對的。

> 當然，並不是說胡風在政治態度上就是反對毛澤東同志的。但政治態度上擁護毛澤東同志，和文藝思想上反對他的思想，這是兩件不同的事。總之，從座談會以來，問題積累得很久了。黨，通過它的負責同志，通過黨員作家，也早就提出很多意見了。到今天，是應該做出結論的時候了。這個結論只有兩種，或是胡風對而黨錯了，或是黨對而胡風錯了。

> 胡風這樣的文藝思想，脫離人民，脫離階級鬥爭，而還要來指導文藝運動；直接對抗無產階級的領導，而還要自命爲無產階級的現實主義。這是最爲危險的。

> 最後，我說一說對胡風的希望。我的希望是，檢討自己的時候，一定要打退一切關於過去成績的回憶，推翻架子，脫下褲子，離開自己，採取一種客觀的態度。批評和自我批評，是矛盾統一的。有了徹底的自我批評，可以把批評統一在裡面。如果不能自我批評，或做得很不徹底，那就一定要有批評來幫助他。

1954 年胡風在「萬言書」中寫到周揚的這次總結發言，簡略地概括為：「周揚同志嚴厲地斥責了我，說我在文藝理論上是反黨的『路線』；說政治態度上無問題，但問題不決定於政治態度，而是決定於文藝理論；說我要在文藝理論上『脫褲子』，承認是反黨的『路線』……。斥責了以後，歸結到：結論要由我自己做。」

　　胡風在周揚之後發言，他的表態出奇地緩和，說道：「經過這一次，同志們坦白地說出了對我的意見，我感到愉快，但當然還要繼續檢查，作出結論，在工作中去認識並改正錯誤，請同志們相信我。說我感到了黨是嚴肅地對待這個問題，20 多年的工作，黨沒有不注意的道理；談出來了，黨明白了，我自己也安了心。如果有些問題我不能理解，不能一時解決，那也不要緊，一步一步做去就是。同志們不要耽心意見提得太尖銳，那不要緊，那是為了幫助我猛省的。我自己更加強了求真的精神，要努力再學習，爭取做得好一點，在鬥爭中受到鍛鍊。……我爭取做毛主席底一個小學生。懂得了團結是在黨底領導和教育下面工作的問題，要從過去樸素的想法和心情更進一步……〔註 13〕」

　　1952 年下半年由中宣部召集的「胡風思想討論會」，可以說是中央對胡風問題處理全過程中一個重要轉捩點。在此之前，中央不甚關注胡風理論及「小集團」問題，如果胡風能安於上海文聯「工人委員會」的職位，而不是一再給中央領導寫信、約談、呈送報告、反映情況及「要求討論」，中宣部本來是無意召集這個會議的。然而，胡風非要把問題「端上去」，不惜到北京來「坐冷板凳」，遂使得周揚不得不以中宣部和文化部官員的身份向中央請示。周總理既給了如此明確的批示，胡風問題便從此成了非「徹底」解決不可的問題了。在此之後，胡風在「討論會」承認了錯誤，並承諾寫出「公開檢討」，「清算的工作」便告了一段落。按照周總理的批示，如果胡風沒有表現出接受改造的誠意，下一步則將進行公開的「批評鬥爭」，何其芳、林默涵兩篇批判文章的公開發表即是批示提到的「引向讀者」的具體表現。胡風的「公開檢討」遲遲未交出，於是中央對他的處理便進入到將其「放在群眾生活和工作中去改造」的又一個階段，最後的「結果」如何，只能看胡風自己的表現了。

　　「胡風文藝思想討論座談會」開過 4 次會議後，終於在 1952 年年底關上了大幕。

〔註 13〕 以上兩段引文出自《胡風全集》第 6 卷第 131～132 頁。

12 月 28 日胡風給武漢的綠原去信，寫道：

> 我的學習已完。留一個尾巴，說是要另寫一篇學習心得，云。
>
> 這，一時寫不出，甚至會無限期地延下去。已提出了工作和移家問題。職業，無論什麼都幹，爲了表示自己的心情。至於能不能做點什麼，那現在是無從估計的了。我希望一二週內能決定。職業決定了，才能談移家問題。

「學習心得」云云，指的是他在會上承諾要寫的「公開檢討」。「無限期地延下去」，指的也是這份上面期待的東西。然而，他此時似乎已經決定不寫這個東西了。他考慮的是「工作和移家問題」。12 月 27 日及 12 月 29 日他已先後找過林默涵和周揚商談這個「問題」，他的急切使周揚等感到非常「意外」。

胡風認爲以「微笑聽訓」爲「代價」就能滿足對方，寫不寫「公開檢討」並不重要。然而，他想錯了！

1953 年初，林默涵和何其芳的批判文章公開見報〔註14〕。發表前，林默涵致信胡風，希望他能把會上承諾的「結論」（「公開檢討」）「快些寫出來」。對方的緊逼使他無所措手足，遂於 1 月 28 日到中南海拜訪中宣部副秘書長邵荃麟，承諾在「搬家以後兩個月內」寫出，並鄭重地提出「申請解決組織問題」的要求。誰知邵不爲所動，毫不含糊地指出，檢討文章事「他去商量一下看」，入黨事「等檢討了自然會有人」找他談。

1954 年胡風在「萬言書」中對自己在「討論會」上的表現有個總結，他不無愧疚地寫道：

> （在討論會上）我卻完全被周揚、胡繩、林默涵、何其芳、馮雪峰等同志，尤其是周揚同志底完全是代表黨中央的態度、做法和口氣所壓服……因而只是想通過同志們向黨交待應該交待的我自己的問題，由這初步地滿足周揚同志等底要求，希望同志們允許我參加工作，恢復我的能夠從事文字勞動的條件。今天檢查起來，在全部經過中間，我沒有犯過原則性的錯誤，但我沒有勇氣提出以至堅持周總理底指示，沒有堅決地依靠可以提出不同的意見這個思想鬥

〔註14〕 林默涵時任中宣部文藝部文藝處副處長，何其芳時任北京大學文學研究所副所長。林默涵曾說他的這篇文章是經胡喬木修改過的。參看李輝《搖擺的秋韆——是是非非說周揚》。

爭的原則，沒有能夠為黨中央有可能來檢查文藝實踐情況爭取一點
任何正面的條件，這是我深深感到內疚的。

這裡提到的「沒有勇氣提出以至堅持周總理底指示」，頗為令人費解。周總理在周揚信上所作的批示是「一次不行，兩次三次。內部不行，輔以適當的公開批評」，他已通過綠原從舒蕪那裏「請教」得清清楚楚（見上引舒蕪 10 月15 日致綠原信），為何還要這樣說呢？

其實，胡風並不是能被上述諸人的「態度、做法和口氣」輕易「壓服」的人，忽略他彼時的「有所求」及複雜的心底波瀾，並不是唯物主義者的態度。

13 丁玲說：「胡風啊，也眞是的……」

　　可以認爲，舒蕪此次北上仍是抱著幫助朋友完成改造的基本態度來北京的。即使他啓程前有過「北京沒有辦法了」的想法，在抵京第三天（9月9日）讀過林默涵等帶來的周總理寫給周揚的批示和給胡風的覆信後，他也會眞切地領會到中央對胡風的「爭取愛護之情」及上面處理胡風問題的宗旨和具體安排，不會再有其他的想法。那天林默涵臨別時，建議他「找胡風談談，多溝通溝通」，他於是欣然應允。

　　9月10日舒蕪給胡風寫了一封信，請求見面。全信如下：

　　胡風先生：

　　　　我已來京，現住文協。聽說你也在京，不知何時可以有空約談一次？

　　　　兩年多來，不大清楚你的行蹤，事情又忙，故一直不曾寫信。有許多意見，早想和你談一談；但現在大致也已經在報載那篇短文和那封公開信中說過了，聽說你都已看過，不知意見怎樣？

　　　　等著你的覆信。此致

　　敬禮！

舒蕪

〔1952〕10／9

抬頭稱「胡風先生」，而不再是「風兄」，客氣裏透出了生分。他們已有近兩年沒有見面了，最後一次見面是在1950年10月15日；他們已近兩年沒有通信了，他給胡風最近的一封信是在1950年10月28日寄出的，而胡風從此沒

有覆過信。在這裡，舒蕪有一個小小的記憶錯誤，他把「近兩年」記成了「兩年多」，為此，胡風曾在「萬言書」中對他進行了嘲笑，寫道：

> 舒蕪來信要見面，裏面還說「兩年多來，不大清楚你的行蹤，事情又忙，故一直不曾寫信」。這又並不是「多次寫信給你們，總得不到回信」了。事實是，從一九五〇年十月底到一九五二年九月初這兩年不到的時間內，我是接到了三次信而沒有回他的。

胡風所說的「三次信」，前兩次都是舒蕪從北京返南寧寫的報平安信，後一次則是指的這封求見信。前兩次他都未覆，是因為討厭他的「小貴族」氣，後一次不必覆，是因為可以通過電話交談。

9 月 12 日舒蕪給胡風打電話，約定見面的時間和地點。他回憶道：

> 電話裏，胡風的態度倒是一點沒變，他告訴我從東布胡同到他那裏如何如何坐車，沒有任何反常。第二天見了面他還說：「昨天默涵來了，還問我，『舒蕪來了，能不能見面談談？』這真好笑，怎麼不能啊，還不是一樣的老朋友嘛！」

9 月 13 日下午舒蕪去胡風住處與其會面並進行了長談。談話似乎是在「老朋友」的氣氛中進行的。據舒蕪回憶，他們幾乎談了大半天。當時，他雖覺察到胡風有點反常，但並未十分在意，根本就沒有想到對方是在摸他的「底細」。他寫道：

> 記得我是上午（應為下午，筆者注）去胡風那裏的，去了就坐在那裏談，一談談到吃午飯，然後走出來，到東四一個飯館吃飯，他請我。吃完飯之後，我們還到天壇公園坐了一會兒，又接著談，之後又回去接著談。在交談的過程中，我注意到一點，胡風一直不大說話，不像過去那樣，凡事都有態度，這次不一樣，主要是問我，問了以後，還動筆做筆記，我講他記。他問的內容都是一些理論方面的問題，我們過去的理論究竟錯在什麼地方。我就老老實實一一回答。對他的文藝思想，我也開載布公地談了自己的想法。對於他的表現，我當時沒有多想，覺得他要檢查思想，聽聽我的看法，記一點參考意見，也沒有什麼……我們一直談到很晚，快吃晚飯時我才走，彼此還是很友好地告別，那就是我們最後一次友好的告別。

[註1]

〔註 1〕 《舒蕪口述自傳》第 236～237 頁。

關於這次見面和長談，胡風在日記中記載了三筆：

> 9 月 9 日：下午，林默涵、嚴文井來，説無恥已經來了，要來看我云。

> 9 月 11 日：重看二蟲的公開信。

> 9 月 13 日：無恥三時半來，一道到中山公園喝茶，又到小館吃麵，再回到這裡，談到十時過。

見面的當晚，胡風給武漢的綠原和上海的王元化分別去信，寫到與舒蕪談話的經過與部分內容，兩相補充，大致可以窺出全貌：

> （致綠原信）「今天見面，三時多到十時多。……（他）談了許多意見，大意是：我殘留的個人主義的思想，讓他和徐、遂等（指路翎、綠原等）鑽了『空子』。説得很使人舒服，但其實很有『一般性的原則』，因爲，這結果還是和他一樣。」

> （致王元化信）「今天約來了，恭請他到中山公園喝茶，又一道吃飯（他會了賬），又回到我這裡，坐到十點過才走。好像眞正把住了無產階級性似的，説了不少。我只是好好地聽，沒有反駁他。總之，在他看，我沒有明確地斬斷過去個人主義的思想，一點沒有叫響無產階級的立場，這就留了『空子』，讓他和路等鑽了進來云。再就是，我一直沒有把工作當作一個『螺絲釘』，等等。總之，先要有無產階級立場，然後才是黨的文學。否則，就是個人主義。——聽起來，好像承認我做的並不和他一樣，但實際上要拉我下水，爲他立功。」

從這兩信可知，舒蕪此時仍「承認」胡風更具有「無產階級的立場」，只不過是「沒有叫響」，即沒有以此來嚴格要求周圍的「小資」朋友而已；他對胡風提出的最大意見也只限於「殘留的個人主義」，及不安心「工作」罷了。參看前文所引 1950 年底魯煤給胡風的信，可知舒蕪此時對胡風的評價與那時並無太大的變化。

然而，胡風雖聽得「舒服」，心裏卻並不滿意，他總覺得舒蕪另有所圖，或拉他「下水」，或以此「立功」。兩年後他在「萬言書」中簡述了這次談話的內容，並揣度對方也許有著險惡的用心，寫道：

> 談了幾小時，完全是聽他談；我記著筆記。他還告訴了我幾件黨內情況，其中有關於毛主席的。最後，他説要説的意見説完了，

但提了一個問題。我在一篇紀念高爾基的文章裏提到拉狄克，說當時看到他在蘇聯第一次作家大會的報告雖然感到不滿意，但還覺得是：「雖然粗糙，沒有眞的追求力，但我們也以爲他是盡了一個政治家所有的力氣的。」舒蕪說他不懂這意思。我沒有回答，他也沒有要我回答。我知道他是暗示我：你斷定了政治家不懂文藝，你看不起政治家，你是反抗黨的領導的，當心我要把這揭發出來！他當然也知道我是懂得他的意思的。

實際上，不管舒蕪如何表述，對方仍是會誤解的。原因無它，前有《從頭學習》，扯出了「小集團」問題，陷胡風於被動；後有《公開信》，又扯出了「宗派主義」問題，更使胡風疲於應對。而且胡風深知，「宿敵」周揚是一定要叫他爲「工作問題和組織問題」付「代價」的，有了舒蕪這兩篇文章，他將付出的肯定要更多。附帶提一句，胡風爲了「偵查」舒蕪的「底」，後來還讓路翎找他長談過一次，舒蕪對他不存任何戒心，如實相告，效果卻適得其反〔註2〕。

如前所述，胡風早在 6 月 30 日就得知《公開信》已寄到《人民日報》，那時便與路翎商量過應急辦法，其中包括「就『小集團』及 XX 文寫一正式的報告〔註3〕」，等等。他在赴京前（7 月 12 日）已草擬好兩份遞交中央的材料，一份是「關於《希望》的報告」，另一份是「關於『舒蕪』的報告」。他在第一次會（9 月 6 日）之前拿到了《公開信》的列印本，會後，路翎馬上寫了一份報告呈送中宣部文藝處，揭發舒蕪「過去思想的底」，試圖阻止《公開信》的公開發表。現有史料證實，路翎該「報告」的寫作時間不會早於 1952 年 9 月 6 日（第一次會召開時），不會遲於 9 月 25 日（《公開信》發表之日）。這裡有幾個佐證：第一，1952 年 5 月舒蕪發表《從頭學習》後，胡風曾建議路翎從五個方面揭發他，但未提到這個歷史問題。第二，據胡風「萬言書」所述，路翎是讀了第一次會前發下的《公開信》列印本後，才「向中央宣傳部文藝處寫了報告」的。第三，路翎遞交「報告」的目的是爲了阻止《公開信》公開發表，故要搶在該文發表之前遞交中央〔註4〕。還有一個佐證，9 月 25

〔註2〕 胡風1952年9月29日致梅志信中寫道：「前天，他（指路翎）找來無恥談了幾小時，和從前一樣，很『友愛』地和他談了幾小時。看來，無恥還不曉得他自己的原形已在被偵查中，頗爲得意。」

〔註3〕 參看胡風1952年7月3日致路翎信及路翎7月6日致胡風信。

〔註4〕 胡風1952年10月26日致綠原信寫到：「這文章（指《公開信》），有了寧（路翎）的報告，本來更不應拿出來，使黨受損失，使事情更麻煩。」

日林默涵曾去看望胡風，有過長談。胡風在「萬言書」中記載了談話的部分內容，寫道：

> 這公開信在《文藝報》上發表了的當天下午，林默涵同志來和我作了長時間的談話。承認了過去不瞭解舒蕪情況，相信路翎同志提供的材料是可靠的，承認路翎是有貢獻，承認對於路翎的批評是有「缺點」的，等等。那麼，爲什麼看了路翎的報告以後還是發表了舒蕪的這公開信？他對這公開信的內容取什麼看法呢？他不說，我當然也不能問。

路翎的揭發未能取信於上面，當然也就未能阻止《公開信》的面世。胡風在這次與林默涵的長談中，多次提請對方警惕舒蕪，也未得到對方的認可。兩年後他在「萬言書」中對林的政治態度也提出了質疑，寫道：

> 因爲林默涵同志似乎很誠懇，我當時說了一點感覺。我在日本的時候，日本黨內常常發現「破壞者」，有的時候甚至打進了中央領導部；當時我不大理解敵人爲什麼有這麼巧妙，黨內的同志們爲什麼這樣沒有警惕性。現在看了舒蕪的做法，我在實感上才似乎懂得了破壞者是什麼一回事，是通過什麼空隙打進黨的。當時林默涵同志沒有表示意見。後來還是「利用」了舒蕪這個武器。我以爲，舒蕪是盡了「破壞者」的任務的。他惡毒地利用了黨的批評與自我批評這個莊嚴的武器，把這個爲了達到團結的武器利用到相反的目的上面，造成了解放以來公開地破壞團結的最大的事件。

所謂「破壞者」，是「內奸」的別名。由此可知，就在舒蕪與胡風「最後一次友好告別」之前，胡風和路翎已把他視爲敵人（「叛黨分子」、「破壞分子」和「階級異己份子」）。胡風與舒蕪見面時表現出的熱情、謙恭和關切，顯然都是矯飾的。

　　路翎的揭發未能奏效，胡風非常不甘心。9 月 29 日（《公開信》發表後 4 天）他著手修訂來北京之前草擬的報告，「關於無恥的報告」（即「關於《論主觀》的報告」）於 10 月 3 日整理完畢，「關於《希望》的報告」於 10 月 5 日整理完畢，兩份報告同時於 10 月 6 日送出。10 月 26 日他在給綠原的信中自信地寫道：

> （周揚等）想盡可能通過吾止（指舒蕪）多少說明「共同性」這一點，來達到多少維持「小——」（指「小集團」）的結論。不可

能的。古（指胡風）有報告和材料，寧（指路翎）也有報告和材料
的。至於包圍戰，除了一些所謂「效果」，不會再有什麼的。〔註5〕

在討論會期間，胡風還把解決問題的希望不切實際地寄託在中宣部副部長胡
喬木身上。他向林默涵兩次提出「想和胡喬木同志談一談，得到指示」，但都
沒有得到允准。10 月 11 日他在北京劇場看戲時碰見了胡喬木，有過簡短的交
談，他以爲其中寓有深意。後來，他在回憶文章中寫道：

他（指胡喬木）坐在第一排，我在第二排他的座位後，他側過面
就可以交談。上次離北京前，他不願見面談話，這次是整我的理論，
我更不好要求和他見面談話。現在坐在一起，提到我在等候討論理
論，他說：頂好抓緊時間，國家要人。我說，我當然不願意多浪費同
志們的時間。他說，他們沒有什麼，我是說你自己……終場時，他送
我到劇院前面，緊握著我的手好一會不放，我卻不知道說什麼好。現
在想，他當是希望我寫一個檢討過關，馬上要求入黨的。〔註6〕

此前，胡風已經得知周總理批示的基本內容，現在又聽到胡喬木善意的話語。
他深知中央對他的基本態度仍是團結、批評、團結，以爲自己只須「寫一個檢
討過關」即可，以後的「工作問題和組織問題」都不難解決。但後來的情況並
非如他想像的那麼順利，10 月 27 日他開始寫檢討（題爲《一段時間，幾點回
憶》），11 月 18 日寫訖，趕在二次會召開（11 月 26 日）之前送出。在二次會上，
他的檢討未獲通過。於是他又於 11 月 28 日開始改寫，12 月 2 日改訖送出，仍
未獲通過。在最後的總結會上，周揚責令他根據與會者所提意見修改檢討，並
答允檢討如獲通過，可與林默涵、何其芳的批判文章同時公開發表。

1952 年中宣部內部舉行的「胡風思想討論會」大體上便是這樣一個過程。
中央對胡風問題的態度，與會者都非常清楚，政治立場是政治立場，文藝思
想是文藝思想，並未出現橫扯的現象〔註7〕。

〔註5〕 綠原曾將胡風信內容轉告曾卓，寫道：「談談古公（指胡風），他來京將近一
　　　　年，開過幾次座談會，寫過幾份檢討，一份是文藝思想，一份是個人與組織
　　　　關係，一份是兩個刊物的編輯經過，一份是舍君（指舒蕪）的投稿經過，據
　　　　說，除了文藝思想部分有問題外，其他的問題領導上都同意。……」轉引自
　　　　于黑丁《培養青年作家，繁榮文學創作》，長江文藝出版社 1956 年版第 74～
　　　　75 頁。下不另注。
〔註6〕 《胡風全集》第 6 卷第 679 頁。
〔註7〕 胡風在散會的次日（12 月 17 日）給梅志信中寫道：「至於態度，理論上給以
　　　　根本否定，政治立場卻給以全盤肯定。態度，是好的。結論呢，要我自己做。」

　　舒蕪共參加過三次討論會，會上與會下所見，都是一片「藹然」的氣氛。會上，發言者「都是首先在政治上肯定胡風，肯定他在反對國民黨鬥爭中的作用，周揚肯定胡風政治上是擁護毛澤東的，陽翰笙說『胡風是我們從左聯以來的老戰友、老同志，政治上我們是一致的』，大家都是在這個大前提之下，批評胡風的文藝思想。」會下，「大家同胡風還是說說笑笑，並無『劃清界限』的表示。」因此，他「更加相信，這確是『同志式的幫助』的性質。而且這也符合我對胡風文藝思想問題和我自己的思想問題的『定位』：定在革命內部的是非的範圍之內。」

　　綠原曾在《胡風與我》一文中對舒蕪當年的心態有過分析，他寫道：

　　　　這個形勢當時對於我雖然若明若暗，而對於舒蕪卻似已昭然若揭，洞若觀火，他作爲「胡風派」的主要代表之一，具有舉足輕重的潛力，只要他略有表示，是決不會長久坐冷板凳的。〔註8〕

綠原之所以覺得「若明若暗」，是受到了胡風信的誤導，以爲討論理論問題只是一個幌子，目的只是要整人。舒蕪覺得「昭然若揭」，當是看到了周總理的兩封重要信件，體會到討論會的宗旨是「以幫助他自己解決思想問題爲主」。至於寧願到北京「坐冷板凳」的，是舒蕪，也是胡風，且待後述。

　　在北京期間，舒蕪曾與丁玲交談過一次。據他回憶，丁玲當時說過這樣一段話：「胡風啊，也眞是的。第一次開文代會的時候，我同他到北海划船，勸他不要想得太多。我說，官也得有人去做嘛！郭沫若、茅盾他們去做官，讓他們做去好了……」他當時覺得丁玲話中的意思「好像是勸胡風不要跟人去爭官，認爲沒多大味道」〔註9〕。附帶說一句，丁玲於本年底辭去了中宣部文藝處處長的職務。丁玲有可能對胡風作如此規勸嗎？有的。胡風日記1949年7月27日有這樣的記載，「丁玲夫婦、馬加來，一道到北海公園。和丁玲夫婦喝茶談到十一時，由我談到文代會情況，談到我的態度問題，等。」那天正是第一次文代會閉幕後幾日，文協全國委員會召開的前一天。當時，胡風確實爲「位子」問題有情緒。爲此，1951年1月1日胡喬木還曾約胡風談話，給了三個領導崗位讓胡風挑選，並說：「黨對於一些同志並不是論功行賞，而是因爲他們都戰鬥了過來，現在也都在戰鬥著。」後來只是由於胡風考慮

〔註8〕　《我與胡風——胡風事件三十七人回憶》第533頁。
〔註9〕　《舒蕪口述自傳》第236頁。

到如果不能將「組織問題」一起解決，以後將面臨「非黨員怎樣工作的問題」，猶豫了近一年，終於作罷。

「胡風啊，也眞是的」！這是當年丁玲對胡風的獨具個性的評論。在當年參加「討論會」的諸人中間，持相似看法者肯定不少。說實話，中央已多次給過胡風在北京工作的機會，而且並不要他付出什麼「代價」；中央也曾想把他安排在華東，他卻寧願趕到北京來「坐冷板凳」，爲達到這個目的，他千方百計地要把問題端上去「討論」，鬧了大半年，結果還是一個非認眞「檢討」不能「過關」的問題。

14　周總理批示：「對胡風的方針和態度正確。」

　　「胡風文藝思想討論會」於 1952 年 12 月 16 日舉行最後一次會議，周揚在會上作總結，他要求胡風自己作出「結論」，寫出「公開檢討」，如檢查得深刻，可公開發表。胡風當即表示完全接受，說：「當然還要繼續檢查，作出結論，在工作上去認識並改正錯誤，請同志們相信我。」歷時近半年的討論會至此結束。

　　12 月 24 日舒蕪離京。他於啓程前一日給胡風去信辭行，這是舒蕪寫給胡風的最後一封信。全信如下：

　　胡風先生：

　　　明晨離京，不及面辭。

　　　那篇文章，回去後將重寫。因爲大致是要發表的，將只檢查自己。那篇裏對你所提的意見，則想著是幾個人看看的性質，所以盡所能理解的寫出來，其中不對的地方當然一定有，僅提供參考。

　　　不知何時回滬？何時可移家來京？

　　　此致

　　敬禮

舒蕪

〔1952〕23／12

信中提到的「那篇文章」,指的是起草於 1950 年底、改寫於討論會前的萬字論文《向錯誤告別》。返回南寧後,他根據胡風、路翎的意見進行了修改。由於「只檢查自己」,此稿未允發表〔註1〕。

胡風收到舒蕪的辭行信後,沒有表示,甚至在日記中也沒有記上一筆〔註2〕。12 月 28 日他在致綠原的覆信中,提到「公開檢討」事時順便寫到了舒蕪的這封辭行信。他這樣寫道:

> 「我的學習已完。留一個尾巴,說是要另寫一篇學習心得,云。
> 這,一時寫不出,甚至會無限期地延下去。已提出了工作和移家問
> 題。職業,無論什麼都幹,為了表示自己的心情。」「吾止(指舒蕪)
> 走了,還有信來向我辭行呢!……我想,他不會中途下車罷。」

可以看出,胡風此時對寫檢討事已決定「無限期地」拖下去。信末「他不會中途下車罷」一句,指的是舒蕪返程須經武漢轉車事。看來,綠原來信又問及是否再向舒蕪「請教」,胡風此時已無多大興趣。

胡風沒有馬上返回上海,仍留住在文化部招待所裏,他首先得完成承諾的「公開檢討」,還得與有關部門落實「工作和移家問題」,尤其迫切的是趕快找到住房。然而,「檢討」很難寫成。周揚在會上宣佈過,說他「政治態度上無問題,但問題不決定於政治態度,而是決定於文藝理論」;要他「在文藝理論上『脫褲子』,承認是反黨的『路線』。」在討論會舉行之前,胡風曾在致朋友們的信中分析過形勢,他說對方所要求的並不是「理論」上的是非,而是「態度」的好壞。周揚的總結表明,他的預測完全錯了。胡風為此感到有些沮喪,12 月 19 日在致聶紺弩的信中寫道:「二十年來,我寫的都是一點心情,現在被當作了『理論』,弄得不能脫身,我還能講什麼道理?」

他更為關切的是「工作和移家問題」。12 月 27 日他向林默涵「提出工作和移家問題」,得到原則上的同意;29 日又「訪周揚談工作問題」,他提出要

〔註1〕 胡風「萬言書」寫道:「除了林默涵、何其芳同志的文章以外,還準備把舒蕪『揭發』我的文章在《人民日報》上發表。」《胡風全集》第 6 卷第 133 頁。

〔註2〕 兩年後胡風在「萬言書」中提到此信,寫道:「舒蕪完成了任務,離京之前還給了我一封信:『那篇文章(指《向錯誤告別》),回去後將重寫。因為大致是要發表的,將只檢查自己。那篇裏對你所提的意見,則想著是幾個人看看的性質,所以盡所能理解的寫出來,其中不對的地方當然一定有,僅提供參考。不知何時回滬?何時移家來京?』他安詳得很,這是轉過頭來用笑臉把我也當做小孩子看待了。」《胡風全集》第 6 卷第 330 頁。

「參加《文藝報》」，周揚面有難色，他於是馬上改口表示「聽組織決定」。除夕夜（12 月 31 日），胡風給綠原去信，寫道：

> 我還在等候。學習看情況就是這樣了了，職業事，要請示老總決定。這就只好等了。我希望職業決定後，寒假內能把家移來。

說是等「老總」（周總理）決定，其實他心裏很清楚，「內部討論」沒有過關，「職業事」便不好解決。討論會期間他曾寫過兩篇檢討，一篇題為《對我的錯誤態度的檢查》，是呈給領導的，檢討了對組織態度的錯誤；另一篇題為《一段時間，幾點回憶》（即「阿 Q 供詞」），是給與會代表的，檢討了理論上的若干不明確處。然而，這兩篇檢討均被認為不深刻，被責令重寫。他為此非常鬱悶，一度把責任全推在舒蕪的身上，痛斥道：「事，是誤在他手上，他欺了人，也欺了『天』！〔註 3〕」

　　「事」（「要求移京住」、「要求工作」）未諧的責任全在舒蕪嗎？不盡然！幾年以來他一直把「組織問題」視為非首先解決不可的「能夠工作的『條件』」，卻又擔心會因此付出「什麼代價」而猶豫不決。1949 年 11 月 17 日彭柏山承諾向周揚「直接負責」為他「提出組織問題」，他出於這個顧慮而未答允；1949 年 11 月 30 日他給胡喬木去信「敘述了希望能夠解決組織問題的心情」，胡喬木答覆說「可以考慮」但不「奉勸」，他認為「這就是拒絕的意思」；1951 年 1 月 1 日胡喬木代表組織給出三個重要的崗位讓他選擇，他又以「非黨員怎樣工作」為理由推宕；1952 年 5 月 4 日他給毛澤東、周恩來去信，向中央婉轉提出「解決組織問題」的要求，周恩來在覆信中卻讓他就「文藝思想和生活態度作一檢討」。胡風得信後，終於認識到「不檢討我就決不能解決組織問題」〔註 4〕，領悟到幾年來因「組織問題」而拒絕工作安排確屬失策。1952 年 8 月 6 日他在給梅志的信中承認：「我的錯誤是沒有考慮到要站住地位，這就讓人家堵死了路，悶死了生機。」「討論會」結束後，他又向邵荃麟提出「組織問題」，答覆仍是「不提出能夠通得過的檢討就不能解決組織問題」〔註 5〕。就胡風的這個具體的政治要求而言，舒蕪顯然無須承擔什麼責任。

　　「人」（胡風指的是胡喬木、周揚等）能被舒蕪蒙蔽（「欺」）嗎？也不盡然！胡喬木對胡風及其理論的看法由來已久，如前文所述，10 年前他赴重慶

〔註 3〕　胡風 1952 年 12 月 28 日致綠原信。
〔註 4〕　《胡風全集》第 6 卷第 129 頁。
〔註 5〕　《胡風全集》第 6 卷第 133 頁。

處理《論主觀》問題時就對胡風提倡的「主觀戰鬥精神」及「反客觀主義」持不同意見。解放後胡喬木作為中共分管文藝的主要領導者（中宣部常務副部長）非常關注胡風問題，是他親自為舒蕪的《從頭學習》撰寫「編者按」，並點出「文藝上的一個小集團」的；他在「討論會」召開之前曾患病住院，胡風還疑心他不是真病而是在「專門『研究』（胡風）問題」〔註 6〕。奇怪的是，胡風雖耽心對方可能存在著對他的「失望情緒和可能有的成見〔註 7〕」，卻一度把對方「作為最大的依靠」〔註 8〕。至於周揚對胡風的看法就不用多說了，他們之間的「宿怨」起於左聯時期，解放後更有所發展，但此時周揚並沒有把胡風視為可匹敵的對手。相對地說，胡風對他的怨懟始終要更大一些，用他的話來說，就是：「二十年前，周揚同志是把我看成政治敵人的，解放以來，尤其是在這兩年，周揚同志是直接判定我是文藝上的唯一的罪人或敵人的。」不管怎麼看，胡喬木和周揚對胡風持何看法，舒蕪也無須承擔什麼責任。

至於「天」（胡風指的是毛澤東和周恩來）能被舒蕪蒙蔽（「欺」）嗎？這當然只是胡風的憤極之辭，不足為信。至於毛、周對胡風的看法，說來話來，且待後述。

「討論會」結束後，中宣部對胡風問題的處理程序是按照周恩來批示的精神一步步實施的。

1953 年 1 月 27 日林默涵致信胡風，說他的批判文章已經寫好，催胡風快些將承諾的公開檢討寫出來〔註 9〕。胡風得信後有點著慌，因為他的檢討文章根本還沒有動筆。第二天，他專程到中南海拜訪中宣部副秘書長邵荃麟，向上面反映情況並提出意見：

　　1 月 28 日，到中南海訪邵荃麟同志，說了我的意見，也問了他的意見。（一）林默涵同志的文章要發表，我當然沒有意見，不過，我覺得現在就發表了恐怕要產生一些我的力量無法解決的困難。關於這，他問我由我自己寫，什麼時候可以寫出來；我回答他，搬了

〔註 6〕　胡 1952 年 3 月 17 日致路翎信：「我甚至懷疑喬爺生病也是專門在『研究』問題的。」
〔註 7〕　《胡風全集》第 6 卷第 150 頁。
〔註 8〕　《胡風全集》第 6 卷第 119 頁。
〔註 9〕　據胡風 1953 年 2 月 23 日致梅志信，2 月 21 日林默涵還與他談過一次，希望他趕快寫出來。

家以後大約兩個月內。他說，他去商量一下看；並且說，要發表，也應該先給我看一看。（二）我向他提出申請解決組織問題。我不提出能夠通得過的檢討就不能解決組織問題，早已有同志告訴過我了；還有同志忠告過我，現在提組織問題一定被拒絕，等檢討了自然會有人找我談的。現在向邵荃麟同志提出，是經過了慎重考慮，以爲非提出不可的。這是爲了表明：理論問題只有在黨底原則下才能解決，希望同志們相信我是要盡可能在黨底莊嚴的鬥爭要求下面，在黨性底要求下面對待問題，對待自己，也對待同志們的。關於這，他的回答是，理論上不先求得一致，怕困難，但要問一問看。

〔註 10〕

胡風在此提出了三個要求：第一，懇請暫不發表林默涵的批判文章；第二，承諾「搬了家以後大約兩個月內」可交出「公開檢討」；第三，要求「解決組織問題」。

　　邵荃麟向上面轉達了胡風的意見，有關部門對胡風的消極態度更加清楚，決定按照周恩來批示將對胡風思想的批評公開化，以促其反省。

　　1953 年 1 月 29 日晚，全國文協出面召集北京各文藝團體的負責幹部在文化部舉行「座談會」，由林默涵向北京各文藝團體的負責幹部作報告，介紹年前「胡風文藝思想討論會」的經過情形。這本是中宣部向文藝界的通氣會，文協在會議通知上寫的卻是「座談會」，有點名不符實。當天晚上，胡風便得知該報告會的情況，他在日記中寫道：「知道林默涵今晚向北京 150 個文藝幹部報告胡風文藝思想問題。」

　　1 月 30 日林默涵的批判文章《胡風的反馬克思主義的文藝思想》在《文藝報》發表，次日《人民日報》加「編者按」轉載。2 月 15 日何其芳的批判文章《現實主義的路，還是反現實主義的路？》在《文藝報》第 3 號上發表。這標誌著上面對胡風理論問題的處理已從「內部討論」走向「公開批評」，而走出這新的一步也得到了周總理的相應指示。據作者之一的林默涵回憶：

　　　　我們所以發表上述兩篇文章，也是根據周總理的指示，他當時說，經過座談會，最好希望胡風自己寫一篇自我批評。如果他自己不肯寫，那就要發表一兩篇公開的批評文章，因爲胡風的文藝思想在文藝界是有影響的。

〔註 10〕　《胡風全集》第 6 卷第 133～134 頁。

然而，胡風對「討論會」剛開過 40 天就發表「公開批評」的做法極不理解，他以爲上面會等待著讓他自己來作「結論」，他似乎忘記了舒蕪信中傳達的周總理關於「內部不行，輔以適當的公開批評」的批示。1954 年他在「萬言書」中寫道：

> 這樣的做法使我感覺到：周揚林默涵何其芳同志早已決定了不能由我自己檢討將問題結束，就是我有能力再檢查出幾個錯誤來，他們也會壓下我的檢討不發表，並且提也不提，只是把我檢查出來的問題歸納到他們的文章裏去，把我的自我批評作爲他們自己的批評的。否則周揚同志爲什麼告都不告訴我一聲就取消了他在會上所宣佈的決定，這是使我不能理解的。〔註 11〕

在此，胡風將周總理批示的對他的理論問題的「清算」，轉換爲某些領導者的宗派主義情緒，歸之爲個人對個人的態度。直言之，這是抄小道的做法：不敢對上面制訂的大政方針有所說道，而糾纏於下面的「宗派主義」或「軍閥統治」問題，很難說得上是「爲堅持眞理而鬥爭」。解放初的這幾年裏，胡風因耽心上面「不理」而堅持要把問題「端上去」，「端上去」後才發現問題的實質並非他想像的那麼簡單，這時再想回頭卻感到困難。他的心理障礙在上面這段關於如何「檢討」、向誰「檢討」的表述中表現得十分明顯。

文藝家堅持獨立見解的精神是可貴的，但醉心於使用政治家的手段和謀略來化解矛盾，這大概也算是走入了誤區吧。當然，還有一個重要因素妨礙著胡風進行清明的思考，這便是舒蕪在《公開信》中指明的「幹部偏差」論，文中剖析得十分透徹：

> 我們當時的小集團活動，首先是竭力抗拒黨在文藝上的具體領導。我們不從正面，也不敢公開來進行。我們的方式和一切「幹部偏差」論者一樣，是把黨的文藝政策，與代表著黨來執行政策領導的具體的人分開，說前者是好的，只因爲後者不好，所以實行起來完全不是那麼一回事。我們一貫在談論中，竭力把幾位文藝上的領導同志，描寫成度量偏狹、城府深隱、成天盤算個人勢力的模樣，這其實恰好是我們自己的面貌。

透底地看，周揚、林默涵、何其芳諸人當時絕沒有可能瞞著中央將對胡風思想的「內部討論」推向「公開批判」。時任中宣部文藝處工作人員的黎之在回

〔註 11〕 《胡風全集》第 6 卷第 135 頁。

憶文章中披露了一些重要的史料，他寫道：1 月 29 日的報告會後，曾有人署名「一個普通文藝工作者」於 2 月 25 日給毛澤東寫信，對這次會議提出意見，並對批評胡風的文藝思想表示不理解。毛澤東於 3 月 4 日批給熊復（當時他剛由中南局調任中央宣傳部副秘書長），批文如下：

　　熊復同志：

　　　　此事請你調查一下，以其情形告我。

毛澤東

三月四日

熊復馬上找有關人士瞭解情況，並於 4 月 8 日向毛澤東寫了報告。彙報了內部會議對胡風的批評和胡的態度，及何其芳、林默涵已寫了文章進行公開批評等情況。報告中並稱：

　　　　林默涵和何其芳批評胡風文藝思想的文章發表以後，文藝界一般反映這個批評是正確的，中肯的。在公開批評胡風前，《文藝報》和《人民日報》都收到許多批評胡風文藝思想或檢查自己受胡風文藝思想的讀者投書。林、何文章中所提論點，大半是讀者已經提出的。只是比讀者說得較爲系統些。但也有不少讀者對批評胡風表示不滿。或對於批評的論點表示不同意。近年來，在一般文藝批評中，的確存在許多缺點，如簡單化，斷章取義，缺乏藝術分析，指謫多於鼓勵等。這些現象在去年《人民日報》紀念毛澤東《在延安文藝座談會上的講話》發表十週年的社論中已經指出。最近這種過「左」的現象已有改變，但又呈現了文藝批評不夠活躍的現象。我們已經注意到這個問題，正由文藝處收集材料，研究改進文藝批評工作。
　　〔註 12〕

由此可見，「天」並不可「欺」，一切均在中央的掌控之中，胡風的怨天尤人是沒有根據的。林默涵、何其芳的兩篇批判文章面世後，「引向讀者」的「批評鬥爭」便按計劃嘎然而止，中央和文藝部門領導靜候著胡風的覺悟。

　　上文已述，胡風早在 1952 年 12 月 28 日致綠原的信中已表示檢討文章「一時寫不出，甚至會無限期地延下去」。林默涵的批判文章見報後，他又於 2 月 6 日在致梅志的信中寫道：「理論問題（指檢討），因爲近二三月來，疲乏之至，

───────────────

〔註 12〕 黎之《回憶與思考》，載《新文學史料》1994 年第 3 期。下不另注。

考慮不來，而且，倉促間也無從考慮的。總之，只有安定了以後，慢慢研究，慢慢檢查去。」

　　然而，有關部門實在等不及了，拖不起了，他們已爲胡風的理論問題耗費了近四個月的光陰。1953年2月15日中宣部向周總理和黨中央報送了《關於批判胡風文藝思想經過情況的報告》。節錄該報告有關內容如下：

> 我們和胡風一共舉行了四次座談會，參加的除胡風和原屬胡風小集團的舒蕪、路翎外，有周揚，馮雪峰、丁玲、胡繩、張天翼、邵荃麟、何其芳、林默涵，嚴文井、王朝聞、田間、陳企霞、艾青等共十餘人；第一次會，主要是大家提出問題，作爲胡風進行檢討的參考；第二次會，由胡風根據大家所提出的問題作檢討性發言，舒蕪也在這次會上作了檢討；第三次和第四次會主要是大家對胡風的文藝思想發表意見，最後由胡風表示對大家所提意見的態度。除了這幾次座談會以外，好幾位同志還和胡風作過一次或多次個別談話。不論在座談會上或個別談話時，我們都採取了誠懇、坦白的態度，嚴肅地具體地指出了他的文藝思想的錯誤所在和錯誤性質。但胡風僅僅就他和黨的不正常的關係作了一些反省，而對於自己文藝思想上的原則錯誤，始終沒有什麼檢討，相反地，是極力辯解，仍然企圖把自己說成一貫正確，不過態度比以前好了一些，口頭上表示願意考慮大家的批評。

> 受胡風思想影響極深的路翎，在座談會上沒有發言。會後，林默涵同志和他談過一次話，路翎表示對胡風文藝思想的錯誤已有初步認識，他表示願在實際中好好地改造自己。

> 關於胡風的工作問題，他本人希望作《文藝報》的編委，我們認爲在他還沒有徹底認識和檢討自己的錯誤思想之前，不適宜擔任這種批評性的文藝刊物的編委。我們曾勸他下去生活，將來專門從事創作，或到大學教書，他都不願意，現在決定先到全國文協，將來再考慮適當工作（參加文協的創作委員會或《人民文學》的編輯工作），他本人同意，現正計劃把他的家從上海搬到北京來。〔註13〕

在該報告呈上之前，組織上已安排路翎赴抗美援朝前線體驗生活；在該報告呈上之後，組織上仍想再給胡風一次表明態度的機會。

〔註13〕 轉引自林默涵《胡風事件的前前後後》。

　　林默涵於 2 月 21 日找胡風談話，懇請胡風早日寫出「公開檢討」來，哪怕只是篇簡單的表態文章也可以。但胡風不為所動，他似乎考慮得更遠更深。1954 年他在「萬言書」中寫到這次談話的內容和當時他的想法：

> 　　林默涵同志和我談話，意思是希望我表示態度，甚至說，寫一封簡單的信發表一下也好。不用說，他是要我表示基本上同意他的理論的，一封簡短的信當然是最方便最省事的解決辦法。從他的地位說，這意思當然就是命令；但看了他和何其芳同志底批評以後，我不能不考慮到個人問題以外的問題，應當採取進一步對黨負責的態度，所以告訴他說，我要認真地進行檢查，現在寫一封簡單的信是很困難的。林默涵同志還說我基本上不同意也可以說明的，我馬上覺得這是不誠懇的做法；他在群眾面前宣佈了只准檢討，連解釋都不准，如果我說不同意，他就能夠進一步給我加上一個「抗拒改造」的結論的。〔註 14〕

不管上述回憶是否真實，都可以看出，胡風把林默涵的這番談話又誤解為個人對個人的關係，他以為林讓他「寫一封簡短的信度」表明態度，是企圖尋找一種「最方便最省事的解決辦法」；而他自己則持「對黨負責的態度」，當然要予以拒絕。這種思維方式頗有點奇怪。

　　3 月 5 日，周總理在中宣部《關於批判胡風文藝思想經過情況的報告》上批示：

> 　　對胡風的方針和態度正確。已告中宣部應該堅持下去，繼續對他的思想作風和作品進行嚴正而深刻的公開批判，但仍給以工作，並督促其往前線、或工廠與農村中去求鍛鍊和體驗，以觀後效。〔註 15〕

據林默涵稱，中宣部的報告及周總理的這個批示均曾送經毛主席、劉少奇圈閱。

　　「對胡風的方針和態度正確」！這可視為中央集體領導對中宣部處理胡風問題的總體評價，既包括已經舉行過的討論會，也包括將要採取的各種促其完成改造的措施。

〔註 14〕《胡風全集》第 6 卷第 134～135 頁。
〔註 15〕引自林默涵《胡風事件的前前後後》。

　　「以觀後效」！周總理在「胡風文藝思想討論會」前後曾作過兩個批示，成爲中宣部以前和以後據以處理胡風問題的指針。

　　「堅持下去」！爲貫徹周總理批示精神，中宣部諸位負責人已做了大量的工作，他們還將繼續做下去。至少在此時，他們並沒有把胡風「當做文藝發展底唯一的罪人或敵人」，也沒有要把他「逼到絕路上」的主觀故意。

15　胡風謂荼苦，舒蕪甘如飴

　　1953 年初，胡風被安排爲全國文協「駐會專業作家」，工作問題基本得到解決，他開始爲住房問題而奔波，或租房，或買房，爭取盡快把家從上海遷來。

　　2 月 12 日夜胡風拜訪喬冠華，「談到十二時」。次日（2 月 13 日）便是舊曆的除夕，胡風給梅志去信，寫到與喬冠華的這次談話，並描述了當時的心緒。他寫道：

> 　　昨晚，到南喬處，談到十二時。他說了他要說的話，我也表達了我的意思。囑他轉達佛和秘，他也直率地說一定轉達，並說要「盡」他的「力」。看如何發展罷。我，第一，依靠組織，第二，決不存「過關」思想，第三，實事求是，第四，如果黨不叫我不做文藝工作，我要終生在這個崗位上面。他說要盡力幫助解決房子問題。看如何發展罷。

> 　　反映，決不會好的。事情有個限度，過了限度，普通人底良心是很難通得過的。這一點，現在已經表現了出來，可能多少達到上面去的。但是否懸崖勒馬，現在當然完全是由中央作主了。我只盡其在我，不急，不回答，等著解決房子問題。再等兩三周，如還不解決，由於太疲勞了，我要要求回到你和孩子們底身邊，休息、休養一個時期的。

信中的「南喬」指的是喬冠華，「佛和秘」指的是周總理和胡喬木。胡風此時的思路頗讓人費解，他似乎還不知道《人民日報》的「編者按」是胡喬木寫

的〔註1〕，也似乎不知道周總理對如何處理他的問題有過批示。如果說這兩位即是他心目中的「中央」，那麼處理問題的「限度」是由他們確定的，「是否懸崖勒馬」也應由他們決定。或許他所說的「上面」另有所指，希望所寄另有其人，也未可知。

4 月中旬，經過許多周折，胡風終於買下西四太平街 20 號的一處房子。接下來便是修繕房子、添置傢俱、美化庭院等等，稍有空閒，便與朋友們相聚，有牌打便打牌，有戲看便看戲，有請吃便去吃，儼然「求田問舍」模樣。一晃便到了 5 月，沙汀通知他參加「歸俘作家訪問團」，並說是「周總理點名的」。他於是欣然隨團前往，在東北呆到 6 月底，忽接到邵荃麟搬家通知，遂返回北京繼續裝修新居，在庭院中栽花樹四棵，「蟠桃一、杏樹一、丁香一、梨樹一」，擬自號「四樹堂」，朋友及時提示有「四面樹敵」之嫌，遂撤銷此議。8 月初，全家遷來北京。

1953 年初，舒蕪也在為調京工作事忙碌著。在年前舉行的「胡風文藝思想討論會」期間，他曾向時任中宣部文藝處副處長的林默涵表達了想調京工作的願望。他回憶道：「（這事）最早還是艾青提的頭，他說：『南寧那個地方有什麼呆頭？那麼偏僻，寄個信都要好幾天，太閉塞了。看看能不能往北京調吧，找個合適的位置，當個編輯呀什麼的，不是很好嗎？〔註2〕」

他一直想到北京來，1947 年曾打算結婚後到北京教書，解放初也曾拜託胡風幫忙在北京覓職。文化人嚮往文化中心，本無可厚非，更何況他是在北京出生的，對這座古城有著天生的親近感。

林默涵同意他的請調要求，和人民文學出版社負責人馮雪峰商量，馮表示歡迎。舒蕪與馮雪峰結識於重慶時期，當年南方局文委討論《論主觀》時，馮雪峰持保留意見，1946 年胡喬木來重慶與舒蕪交換意見時，馮雪峰還曾與舒蕪有過一次長談。他對舒蕪的過去有所瞭解，只簡單地面談了一次，便決定安排他到出版社的中國古典文學編輯室工作。當時古典室主任由出版社副總編輯聶紺弩兼任，舒蕪與聶紺弩的結識也在重慶時期，他一向非常仰慕這位魯迅的弟子、著名的雜文家，能有機會共事非常高興。調動事就這麼說定了。

〔註 1〕 胡風 1952 年 7 月 9 日致路翎信：「那按語，昆乙不同意，那就是鳳姐、木頭底花樣了。」
〔註 2〕 《舒蕪口述自傳》第 244 頁。

　　舒蕪回到南寧後，靜心地等待著正式的調令。經過了好幾番周折，中組部和中央政府人事部的聯合調令終於發到了廣西省人民政府文教廳。在此期間，省委宣傳部部長賀亦然曾找他談話，勸他不要走，並給了三個新職位讓他選擇：省人民政府文委秘書長、省出版社社長及省文聯主席。然而，舒蕪無意在文化欠發達的廣西繼續呆下去，一心想到北京去從事喜愛的文化事業。他曾回憶道：「我調北京，並不是爲了做官，更不是爲謀求什麼地位。要是留在廣西，馬上就可以當官，省政府文委秘書長，恐怕也是廳級吧。而到北京，就當個普通的編輯，還是在古典部，有多大的名堂呢？可我還是願意幹。我主要是想擺脫事務性工作，能讀讀書，寫寫文章。作編輯工作，雖然也還不太理想，但總比那些行政事務好。〔註3〕」

　　如何分析和評價舒蕪調京一事呢？胡風的解釋是，想「向上爬」〔註4〕。然而，廣西安排的是炙手可熱的官職，而北京準備的只是一把故書堆裏的「冷板凳」，孰高孰低，不言自明。說到底，對文化中心的嚮往是當時文化人普遍存在的一種文化情結。就舒蕪而論，他從來就不曾甘於在遠離文化中心的地方生活，如前文所述，抗戰時期他曾向胡風提出想去重慶「上壇」，抗戰勝利後至解放初，他多次託胡風在京滬覓職。其實，說到胡風，他的心境也參差相似，《時間開始了》見報後不久，他就向路翎透露過「遲早得住北平」的心願〔註5〕，年前「胡風文藝思想討論會」的起因之一便是他的「要求移京住」。至於路翎的調京，本在兩可之間，胡風卻努力說服他，理由是：「在外地，和小耗子們纏，實在吃力，倒不如到這裡來爲好。到底理解多一些。〔註6〕」綠原的調京，情況稍有不同，1952 年年底原中南局《長江日報》撤銷，他作爲中南局宣傳部人員得到調京的機會，胡風鼓勵他來京，說：「我覺得，你一定會調京。當然，我也希望你能調京。〔註7〕」既都有著這種文化情結，獨責舒蕪是不公平的。

〔註 3〕　《舒蕪口述自傳》第 246～247 頁。
〔註 4〕　胡風 1952 年 6 月 13 日致路翎信：「解放後勸他在南寧，他卻老想出來，向上爬。」
〔註 5〕　胡風 1949 年 11 月 29 日致路翎：「我呢，情形有變化。這首詩是一場熱病，等發完了詳談去。打動了神經中樞，派人來說了一些意外的話，在力量上給了最高的承認，但在「理論」上還有問題。這變化，我想是因那首詩促進的。我想，我遲早得住北平的。這些話不必說出去。」
〔註 6〕　胡風 1949 年 11 月 29 日致路翎信。
〔註 7〕　胡風 1952 年 12 月 28 日致綠原信。

　　儘管這種文化情結之於舒蕪、胡風、路翎、綠原等個體略有區別，但在當年，舒蕪的要求似乎更加迫切一些，他是不管不顧地斷然選擇了赴京，而他的這次舉家北上的經歷幾類於「逃亡」：「拿到調令，我恨不得一步飛走。我跟母親和愛人打了個招呼，讓她們以最快速度收拾行李，我自己立刻去辦手續、買火車票，一步也不停留。〔註8〕」

　　「逃亡」險些沒能實現。當舒蕪攜全家到武昌轉車時，他按慣例與中南文藝處打招呼，對方卻告訴他中央兩部為其事剛下發了一個「免調」通知，讓他不要走了。原來，廣西省委宣傳部長賀亦然在北京開會，把此事反映到了中央，說是人才上調，抽空了地方，影響當地工作。中央於是以大局為重，撤銷了原調令。通知是經中南局轉給廣西的。黎辛（時任中南局宣傳部文藝處處長）努力地說服舒蕪：可否不要去北京了，可否就留在武漢？但舒蕪「堅持不同意」。黎辛於是向上請示，北京方面發話：既然出來了，就「繼續調吧」。舒蕪才能如願地成行。

　　舒蕪全家抵京後，就在出版社的宿舍裏安頓下來，三代人住兩間平房，住宿條件比南寧高中校長宅差得多，但老小都開心。他終於可以從事「寫論文、寫雜文，做思想研究，做文藝理論的研究」的事業了。

　　就這樣，1953年4月舒蕪全家遷至北京，同年8月胡風全家亦遷至北京。舒蕪在人民文學出版社古典研究室當編輯，胡風在《人民文學》編輯部當編委。不久，他們的命運將再一次在首都發生糾結、糾葛乃至衝突。順便說一句，舒蕪對胡風的調京沒有什麼感覺，也沒有說過什麼話；但胡風對舒蕪的調京卻有微辭，他曾抱怨說：「解放以來，文藝領導上對於所謂胡風『小集團』有關的作者們，只解決了舒蕪一個人的工作問題。〔註9〕」胡風此說似不是事實，若泛指工作安排，解放初「胡風派」成員都各有單位；若特指「文藝領導」批准調京者，非惟舒蕪一人，路翎如是，胡風如是，綠原也如是。

　　舒蕪埋頭在古典室的故紙堆裏，平生第一次把「職業」和「事業」統一了起來，把「吃飯的行當」與「興趣愛好」統一了起來，其樂無窮。他曾感慨地說：「在解放前，我就是把職業和事業這兩樣東西分開來的。古典文學是吃飯的傢伙，教書也就是個職業，但我的事業不是這個。我的事業是寫論文、寫雜文，做思想研究，做理論的研究，這些才是我的事業，吃飯的行當與興

〔註8〕　《舒蕪口述自傳》第245～246頁。
〔註9〕　《胡風全集》第6卷第330頁。

趣愛好是分開的。可是，我一到北京，進了出版社的古典部，就不一樣了，好像我就是幹這個行當似的，是一份工作任務，是自己的政權派定的一個崗位，絕對不能三心二意。〔註10〕」

當年，這家能代表國家文藝政策的權威性出版機構尚處在草創時期。第一任社長兼總編輯馮雪峰是周恩來總理親自點名從上海調來的，據說原計劃中還有這樣的人事安排：「胡風、聶紺弩、曹靖華、馮至都來人民文學出版社擔任副總編輯，每人兼一個編輯部主任。胡風兼現代文學部主任；聶紺弩兼古典文學部主任；曹靖華兼蘇聯東歐文學編輯部主任；馮至兼歐美及其他外國文學編輯部主任；馮雪峰自兼魯迅編輯部主任。〔註11〕」

這裡提到了胡風，如前文已述，1951 年初胡喬木曾代表組織給胡風三個工作崗位選擇，其中之一就是該社「（副）總編輯」，胡風當時以「不是黨員怎麼工作」為由而婉拒了〔註12〕。

當年人民文學出版社的出版方針是「古今中外，提高為主」，據說這是時任中宣部副部長的胡喬木制定的，馮雪峰完全同意。這八字方針的意義非同尋常，既說明了該社國家級文學書刊的出版地位，也說明了該社可以不必為配合形勢而「趕任務」。

「古今中外」，這不僅指的是出書的範圍，還代表著新生的共和國未來的追求。當年各地方出版社無不大量出版本土的文藝作品，尤其是解放區作家的作品。而人民文學出版社則兼及民族的及世界的文學成果，這當然是國家級出版社的特殊定位所決定的。「提高為主」，這也不僅指的是出書的品質要求，還代表著共和國在世界上的文化形象。當年，幾乎所有的文藝工作者都被要求創作「配合形勢」、「宣講政策」的通俗化、普及化的作品。路翎當年創作的獨幕劇《反動派一團糟》就是此類作品，胡風還曾極力向《人民日報》推薦。有些地區的文聯組織更把「普及」作為文藝運動的基本方針，如舒蕪所屬的中南文聯，1951 年提出的口號是「普及第一，生根開花」。而人民文學出版社則獨標「提高」，這當然也是國家級出版社的天賦的特權。

〔註10〕 《舒蕪口述自傳》第 247 頁。

〔註11〕 《舒蕪口述自傳》第 249 頁。

〔註12〕 胡風 1951 年 1 月 3 日給梅志信中寫道：「一日晚上，秘書約去談了三小時半。目的是，要我參加三個工作之一：《文藝報》、文學研究所、將成立的文藝出版社。這社，或由馮三花臉任主編云，可見不過要我做任何一處的屬員而已。」信中「秘書」指胡喬木，「馮三花臉」指馮雪峰。

對於有志於文學事業的人來說，在當年政治化的文化環境中，能在這樣的單位工作，是一種難得的機遇，當然有一種極大的滿足感。

舒蕪進人民文學出版社時，該社的主要領導是：社長兼總編輯馮雪峰，副社長兼副總編輯樓適夷，副總編輯兼古典文學部主任聶紺弩。馮雪峰當年還兼著《文藝報》的主編，不大管社裏的具體事務，只抓一個魯迅編輯部；樓適夷分管全社的行政、出版、發行以及除魯迅、古典文學之外的幾個編輯部；而聶紺弩則主管古典文學部。說來有趣，這三人與胡風的關係一度非常密切，馮雪峰 30 年代曾領導過胡風，還曾共同議定「民族革命戰爭的大眾文學」口號；樓適夷曾以「適代表」的名義赴日本，調解過胡風諸人與留學生團體間的宗派矛盾；而聶紺弩則是在遊學日本期間結識胡風，還一同坐過日本警視廳的大獄。

在這三人領導下工作，舒蕪是否感受過因「反戈」而帶來的猜疑和尷尬呢？沒有！究其實，馮雪峰其時的文藝觀念已有較大變化，胡風因之在日記中稱其為「三花先生」（意指善於變臉者）〔註 13〕，1952 年初馮任《文藝報》主編後刊發了好幾篇批判胡風派的重頭文章，胡風更加不滿，甚至指使朋友批判他的舊作〔註 14〕。樓適夷的黨性素來很強，1947 年他在上海主編《時代日報》文化版時曾大量發表胡風派的文章，1948 年到香港後卻受文委的委託作過胡風的思想工作，此時他與胡風已聯繫不多。聶紺弩與胡風的交往最早，私人情誼也最深，但他是個能把友誼與政治、文藝觀點區分開來且不甚記「舊怨」的特殊人物，早在 40 年代中期他已不滿於胡風的文藝觀點及宗派作風，曾撰文予以譏諷和抨擊。此時，胡風對馮、聶俱懷有戒備之心〔註 15〕，他多次提請路翎與他們交往時要謹言慎行〔註 16〕。概而言之，舒蕪在這三人領導下，感受得最多的是「魯迅風」，而不是其他。

〔註 13〕 胡風日記 1951 年 5 月 27 日：「三花先生來，拉到十二時。」
〔註 14〕 胡風 1952 年 9 月 2 日致王元化：「友人粗粗檢查了一下三花臉過去的東西，包含了不少的污穢。耿兄（和你們）看一看《魯迅回憶》，如何？作為參考，但這一篇似可以不必添進這裡面的東西去，那可以將來再說。」
〔註 15〕 胡風 1952 年 7 月 25 日致梅志信：「我知道，老聶奉命研究我，而且和羅蘭對看，說是我和羅蘭有相通之處云。但他自己說沒有看，迴避著。內心還是不贊成他們的，動搖得很。XX 想把他做工具，要他弄完了《水滸》再弄《三國》，完全成為書蟲。這樣，XX 有成績可報了。——聶呢？做了副總編輯，也有點陶醉似的。」信中「XX」疑指「三花（馮雪峰）」。
〔註 16〕 胡風 1952 年 3 月 30 日致路翎信：「我想：見馮，見聶，也無意思。他們會歪曲你的話的。」

舒蕪在聶紺弩的直接領導下工作，感受最深的是聶的特殊的領導作風。他曾回憶道：「聶紺弩的領導作風，一句話，就是寬鬆自由。據說周恩來曾經說過：『聶紺弩嘛，那是個大自由主義……』可見，他的這個自由主義是一貫的。聶紺弩跟古典文學部的這些人，相處就像朋友似的，根本不講上下級那一套。那時候，他就住在機關裏，晚上寫作，睡得很遲，早上起得很晚。他本來，寢室兼作辦公室，但有時有什麼事要交代，就到我們辦公室來了。往往正事交代完了還要坐在那裏，一聊就好長時間，什麼都聊，思想也交流了，工作問題也解決了。〔註17〕」

「大自由主義」的領導作風，培育了古典部（又稱「二編室」）「閒談亂走」的寬鬆自由的學術空氣，同時也埋下了「獨立王國」的隱患，以後古典部不少的麻煩由此而生，且待後述。當年古典部的一項重要工作是整理出版古典小說，胡喬木主張「為古典小說加注解」，聶認為不必注，五四以來沒有誰這樣做過，但胡喬木堅持，他也就同意了。《水滸傳》、《三國演義》、《紅樓夢》、《西遊記》的注解本都是這樣搞出來的，為新中國的古籍整理事業開了一個好頭。多年後，舒蕪回顧道：「這件事現在回頭看看，還是很有價值的。古典小說的確應該有一個注解。因為這些古籍中的語言雖然是白話，但是古今白話變化很大，況且書中的生活名物、典章制度方面的東西，一般讀者確實看不懂，還是請專家注一下比較好。小說嘛，畢竟要面對大眾讀者。胡喬木的意見是對的，不是他那麼堅持一下，幾部古典小說就注不下來了。但是具體的工作還都是聶紺弩搞的。〔註18〕」

同時，總編輯馮雪峰所制訂的編輯工作原則也令他敬服：其一，馮特別強調編輯工作的客觀性，提倡「樸學家的精神」，認為整理的目的只在於「給讀者提供一個可讀的本子」，不得隨意刪改。其二，馮特別強調編輯應尊重專家，不允許編輯在專家的稿件上隨便改動，編審意見只能寫在小紙條上，而且還要用商量的口氣，讓專家自己決定是否修改。舒蕪回憶說：「在這方面，我是感受很深的。那些古典文學方面的學術著作，知識面那麼廣，天文地理人情世故，什麼都涉及，你以為人家搞錯了，需要改，其實沒有錯，倒是你自己錯了，這種情況是常有的事。做編輯的，不能太自信了。老實講，我們那時也多少有點比作者高明的感覺。你一個編輯，五花八門編那麼多東西，

〔註17〕　《舒蕪口述自傳》第 250 頁。
〔註18〕　《舒蕪口述自傳》第 251 頁。

你自己怎麼可能面面俱到？學養再深厚的人，知識面總是有局限的，不可能天下事什麼都懂，什麼都精通，這個道理很簡單嘛。〔註19〕」

在這個新的集體中，舒蕪心情暢快，工作勤奮，怡然自樂。同事關係不錯，張友鸞、陳邇冬、顧學頡都是飽學之士。他找到了新的師長，新的朋友，得到了以往沒有得到過的歷煉。

初到出版社時，他爲兩本書擔任責編。第一本是余冠英的《樂府詩選》，他遵照馮雪峰制訂的編輯原則辦事，審稿意見全用小紙條寫好貼在原稿上，然後與作者面商，改不改，都由對方決定，處理一條撕掉一條，撕完了就定稿了。第二本是魯迅研究室幾位編輯選注的《李白詩選》，他提出了幾條意見。馮雪峰讀後把原稿否決了，指示由他來重新搞。他很快搞完，馮「過目一遍，就通過了」。聶紺弩對他的能力也給予高度評價，說：「舒（蕪）來了三個月就解決久懸未決的《李白詩選》問題，幾個月全勤。」而樓適夷則破天荒地決定舒蕪可以從《李白詩選》拿稿費，在此以前古典小說的編選注解沒有稿費，以後也一直沒有。

就這樣，他的工作能力很快被出版社領導認可，他擔負的工作也漸有變動。他曾回憶道：「此後，我就沒有做什麼發稿工作了，無形之間好像就成了一個編輯部副主任似的，雖然沒有名義，但事實上存在這個意思。編輯部一起草各種文件，都讓我幹，什麼選題計劃啦，編輯條例啦、標準啦，等等，都是我動手。〔註20〕」

那時古典部沒有副主任，馮雪峰曾多次讓聶紺弩物色一個，但確定不下來。原因在哪裏呢？聶後來在「交代材料」中寫過：「馮也屢次對我說，找好一個副主任了，我不管事。不過這事有矛盾，即從領導看來，張友鸞做副主任問題較少，但從二編室情況及水準看來，舒蕪做最佳。而舒似乎又有另外問題。〔註21〕」

聶紺弩對舒蕪業務能力的肯定，來自於工作中的親身感受，而對其「問題」的猜測，則可能另有來源。來源可能有二：一是時任中宣部副部長、毛澤東秘書的胡喬木，他當時很關心古籍整理工作，經常直接地具體地過問二編室的業務工作，甚至連退稿信也要批示。他是知道舒蕪的，1945 年

〔註19〕 《舒蕪口述自傳》第 253 頁。
〔註20〕 《舒蕪口述自傳》第 255 頁。
〔註21〕 《聶紺弩全集》第 10 卷第 172 頁。

他親自到重慶處理過《論主觀》問題，1952 年又親自爲舒蕪的《從頭學習》寫「編者按」，他對舒蕪的業務能力也許還能認可，但對其思想觀念也許另有看法。二是朋友胡風，聶雖自 1944 年結識舒蕪，但一直把他看作是胡風「口袋」中的人物，沒有什麼私人的交往。1952 年舒蕪的兩篇文章相繼發表，給胡風在參加「討論會」期間造成很大的被動，聶對此非常清楚。那時聶和胡風都住在文化部相鄰的房間裏，經常走動，他比較同情胡風此期的煩惱和處境，對舒蕪也不會沒有看法。梅志在《胡風傳》中寫道：「（那時）聶紺弩……在人民文學出版社負責古典文學，就住在胡風隔壁。有空時，胡風就踱到他那裏去坐坐，聶給他看了那本鉛印的《胡風文藝思想研究資料》小冊子。〔註 22〕」出於私人情感，聶不可能不關心胡風在「討論會」期間的境遇。那時，胡風最感到頭痛和棘手的難題便是舒蕪，他不可能不與聶談到他，包括路翎所揭發的所謂政治歷史問題，這些，不可能不對聶有所影響。

也許就是由於上述諸種原因，在聶紺弩兼任二編室主任期間，副主任一直沒有正式發表。當時，舒蕪沒有覺得這種狀況有什麼尷尬和不公，反而覺得這一切都是該做的，沒料到「福兮禍所伏」，兩年後他竟被打成「聶紺弩獨立王國」的骨幹份子。

胡風來京後，即被安排到《人民文學》當編委。至此，他的「要求移京住」和「要求工作」的問題算是徹底地得到了解決。

《人民文學》是國家級的文學刊物，首任主編由時任中央人民政府文化部長的茅盾兼任，該刊在 50 年代的文壇上有著與《文藝報》同樣重要的地位。8 月 7 日《人民文學》發佈編輯部改組消息，邵荃麟任主編〔註 23〕，嚴文井任副主編〔註 24〕，邵、嚴及何其芳、沙汀、張天翼、胡風、袁水拍、葛洛爲編委會成員。

胡風是編委之一，卻覺得「完全不能工作」。這裡的原因是多方面的：領導關係不好，爲原因之一。胡風 1945 年曾組織批判了嚴文井的《一個人的煩惱》，1948 年又曾組織對邵荃麟執筆的《對於當前文藝運動的意見》的反擊，有此「宿怨」，心隔開了，話也就隔開了。同事關係也不好，爲原因之二。七

〔註 22〕　梅志《胡風傳》第 608 頁。
〔註 23〕　時任中宣部副秘書長。
〔註 24〕　時任中國文協黨組副書記，書記處書記。

個編委中與他沒有「宿怨」的大概只有葛洛一人。在這樣的環境中工作，他沒有發現什麼樂趣。後來，他在「萬言書」中曾寫道：

> 一九五三年七月起，我參加了《人民文學》編委會的工作。分給我看的是小說散文方面的投稿。一方面，我記得周總理提示過我應該參加一個編輯部，當然想認真負責地做這個工作，但另一方面，由於我的特殊情況，每一件事我都考慮到會不會發生和領導上的布置或企圖不一致的誤會。但工作重心在編輯部而不在編委會，作為一個編委是無法瞭解實際掌握中的原則、對於不同作家們的估計和態度、對於具體問題的處理角度等。開始也曾想多瞭解一些，但後來覺得不大可能。〔註25〕

編輯部的工作，在他看來「有點保密性質」，不敢多問；同事請他去玩，他卻「因為邵荃麟同志沒有表示過這樣的意思」，僅去過一次便作罷；領導關係也非常緊張，他覺得無法與他們「交換意見」，「談話內容似乎不能從一般性的程度更進一步」；後來，他甚至發現「連編輯部也和我斷絕聯繫了」。〔註26〕

　　同在集體中，為什麼舒蕪能適應，而胡風卻不能呢？從個人經歷上看，近十年來舒蕪一直在大學任教，對單位生活並不陌生；而胡風基本上可算是「個體勞動者」，抗戰時期他曾先後在國際宣傳處和文化工作委員會任職，但不坐班，而《七月》、《希望》和「希望」出版社都是「夫妻店」，他幾乎沒有集體生活的經驗。從個人心境上看，舒蕪調京的動機比較簡單，「主要是想擺脫事務性工作」，除了兼顧個人興趣與家庭生活之外別無所求；而胡風調京的動機卻相對複雜，他身負著為本流派做「帶路工作」的責任〔註27〕，所求自然也比較多。從現實處境來考察，舒蕪當時屬於「犯過錯誤，改了就好」的人士，而胡風卻屬於「文藝思想和生活態度」仍需繼續「清算」之人。一個是舊賬已結清，一個是舊債未清又結新債。因而，在面對新的單位生活時，他們兩人的感受是絕不相同的。當然，胡風的移京就職與舒蕪的調京工作並沒有多少可比性，胡風時為全國文協常委、全國政協委員，他的職位是中央

〔註25〕　《胡風全集》第6卷第140頁。
〔註26〕　《胡風全集》第6卷第142～143頁。
〔註27〕　胡風1952年10月26日致綠原信：「那麼，從大處著想（本來也如此），問題是如何收場，或者如你所說，做好這帶路工作，避免傷亡，通過這開闊地。因為，為了黨的事業，只有含淚地通過去，但同是因為為了黨的事業，這弱小的隊伍不能再受真正的傷亡的。」

安排的。概而言之，他是個大人物，一時勉強低頭「屈就」區區編委，豈能甘心？而舒蕪離廣西時棄上面許以的廳級官職不顧，而寧願來北京從事喜愛的文化事業，他已是九分滿足（沒有搞現代文學，差一分）。

　　1953 年國內文壇比較平靜，《文藝報》年初發過兩篇批判胡風文藝思想的文章之後，再沒有任何報刊找過「胡風派」的麻煩。路翎向文藝領導表達了願意接受改造的願望後，被信任地派往抗美援朝前線體驗生活；有關部門按照周總理既定的處理辦法，還將胡風送往東北磨煉了幾個月。其後，他的一切待遇恰如身份和職務，經常收到全國文協、政協各團體的「特急」開會通知，但他「不大參加奉陪開會」〔註 28〕。在這一年裏，他和路翎的作品不斷見諸於最有影響的刊物：

　　　　胡風：《永遠地，永遠地，永遠地，你活在我們的血裏，你活在我們的心裏》，載《人民文學》4 月號；

　　　　胡風：《肉體殘廢了，心沒有殘廢》，載《人民文學》9 月號；

　　　　胡風：《睡了的村莊這樣說》，載《人民文學》12 月號；

　　　　路翎：《春天的嫩苗》，載《人民文學》6 月號；

　　　　路翎：《記李家福同志》，載《人民文學》10 月號；

　　　　路翎：《戰士的心》，載《人民文學》12 月號；

　　　　路翎：《板門店前線散記》，載《文藝報》第 22、23 號。

這一切不禁使胡風產生如下的感覺：「對路翎的打擊進行了幾年，舒蕪的這《公開信》也可以說是做到了頂點，把胡風當作文藝發展的唯一的罪人或敵人的結論也已經公佈了，路翎本人又要求去了朝鮮，再攻擊下去既費力又未免太不像話了，終於現出告了一個段落的形勢。〔註 29〕」

　　這是一種錯覺，錯在把舒蕪的所為完全看成是組織上指使的，錯在把組織的處理當成個人之間的恩怨關係。解放初國內政治、經濟、文化體制模仿蘇聯，走的是高度集權化的路子，國家機器的效率很高，管理十分嚴密，個人恩怨因素在其中起的作用不會很大。而且就文藝領域而言，上面暫停對「胡風派」的公開思想鬥爭，只是嚴格遵照周總理「以觀後效」的批示辦事，何嘗是由於怕「費力」或怕「不像話」而收手呢！

〔註 28〕胡風 1953 年 12 月 5 日致滿濤信。

〔註 29〕《胡風全集》第 6 卷第 366 頁。

　　大致說來，自此以後，胡風對政壇、文壇形勢的分析和判斷經常出現類似的失誤。如果這種失誤僅限於他個人，那倒也沒有什麼；而他卻持之以影響周圍的朋友們，新的問題和麻煩便接踵而生。

16　胡風認爲舒蕪沒有資格「掛著代表的紅條子……」

　　1953 年 9 月 23 日至 10 月 6 日，中國文學藝術工作者第二次代表大會（以下簡稱「第二次文代會」）在北京召開。正式代表 560 人，列席代表 189 人。

　　第二次文代會是在我國國民經濟過渡時期總路線制定之際召開的，「總路線」通常被表述爲：在一個相當長的歷史時期內，逐步實現國家的社會主義工業化，逐步實現對農業、手工業和資本主義工商業的社會主義改造。這標誌著我國進入大規模的經濟建設時期。

　　建國以來，共和國的文藝事業取得了一定的成績，也出現了一些不容忽視的問題，主要體現於：對「工農兵方向」和「文藝爲政治服務」方針的庸俗的、機械的理解，以行政方式領導文藝創作，文藝批評的過度政治化、「趕任務」型的概念化、公式化作品一度氾濫，等等。這就需要總結四年來文藝運動的經驗教訓，肯定已經取得的成就，研究創作實踐和理論批評中出現的問題，繁榮創作，以滿足全國人民在新的歷史時期的文化需求。第二次文代會就是爲此而召開的。

　　黨中央對第二次文代會相當重視，大會籌備工作早在一年前便提上議事日程。1952 年 8 月 6 日，全國文協召開第五次擴大常委會，通過了《關於整頓組織改進工作的方案》和《整頓會員工作的方案》（載《文藝報》1952 年第 17 號）。第一個「方案」提出要糾正近年來文學運動中存在著的各種錯誤傾向，要求組織文學作家參加「各項社會活動」及「政治和藝術的學習」，並提議「建立專門的組織（即後來的『創作委員會』）」來指導文藝創作。第二個「方案」

提出要糾正近年來文協組織混亂的狀況，重新進行文協會員的「調查、登記、整理、審定」。這些都是第二次文代會的前期準備工作。

　　胡風是全國文協的常委，卻未被邀請參加此次常委會。他在北京，正在按照周總理信中的指示寫《關於生活態度的檢查》。為此，他甚感氣憤，曾說到：「我 1952 年 7 月遵周揚同志之命來北京，8 月初文協開的一次常委會討論籌備開文代會的時候，連通知都沒有通知我。〔註1〕」其實，上面不通知他的原因並不難理解。

　　第二次文代會的籌備工作，實際上是從 1953 年初才正式開始的。1953 年 1 月文化部召開創作會議，周揚、林默涵、邵荃麟到會講話，正式提出把「中華全國文學工作者協會」改組為「中國作家協會」的問題。1953 年 3 月 24 日，全國文協在北京召開第六次擴大常委會議，會議由文協主席茅盾主持，周揚、邵荃麟、馮雪峰等 20 餘人出席。會議通過了五項決議：前三項分別就設立「創作委員會」、「刊物委員會」和「文學基金管理委員會」宣佈了人事安排。後兩項「（決定）年內召開全國會員代表大會，結合對社會主義現實主義創作方法的學習，討論當前文學創作思想等問題，並修改會章，改組全國文協」，並通過了由茅盾、周揚、丁玲、柯仲平、老舍、巴金等 21 人組成全國文協代表大會籌備委員會，茅盾、丁玲為籌委會正副主任。

　　胡風出席了這次會議，他在 3 月 24 日的日記中寫道：「參加文協擴大『常委』會」。「常委」上打引號，頗有意味。經查核，不是首屆文協常委而出席了這次會議的有邵荃麟、老舍、張天翼、宋之的、陳荒煤、嚴文井、王亞平、蔣牧良、柯藍等 9 人〔註2〕。不是常委的人能出席常委會，是常委卻不讓參加，而美其名為「擴大」，這便是他未說出來的話。

　　這次會議所作的諸項人事安排都沒有考慮到胡風。譬如「創作委員會」，按照 1953 年 2 月 15 日中宣部向黨中央報送《關於批判胡風文藝思想經過情況的報告》，本該有他的一個位子。「報告」明確寫道：「關於胡風的工作問題……現在決定先到全國文協，將來再考慮適當工作（參加文協的創作委員會或《人民文學》的編輯工作）。」此事曾向他通報過，時隔一個月卻突然變

〔註 1〕　《胡風全集》第 6 卷第 148 頁。

〔註 2〕　首屆中華全國文學工作者協會常委為茅盾、鄭振鐸、丁玲、巴金、艾青、沙可夫、曹靖華、趙樹理、蕭三、周揚、馮雪峰、柯仲平、胡風、何其芳、馮乃超、馮至、歐陽山、劉芝明、俞平伯、黃藥眠、鍾敬文。後來可能有增補，惜未見資料。

卦，叫他很難理解。又如「刊物委員會」，六位成員中誰也沒有他那樣的長期從事刊物編輯工作的實踐經驗，按常理來說，他應該在這個委員會中負點責任，然而也被排斥。至於「全國文協代表大會籌備委員會」，胡風是否名列其中，目前尚缺乏資料。查閱胡風日記，從 3 月至 9 月間，沒有出席籌備會議的記載，這也許能證實他並不是籌委會成員。

胡風在第二次文代會籌備期間所遭受的冷遇，說穿了，與閉幕不到半年的「胡風文藝思想討論會」有關。在 1952 年年底的最後一次會議上，周揚曾明確地宣佈：你首先要做的事是在「文藝理論上『脫褲子』」，而且「結論得你自己做」。當時，胡風表示同意，但後來他並沒有兌現這個虛與逶迤的承諾，於是被排斥在第二次文代會的籌備工作之外。

8 月胡風遷家來北京，進入《人民文學》當編委。8 月 7 日《人民文學》發佈編輯部改組消息，並公佈了新的編輯方針，提倡：「更自由和更深刻地反映出我們這個時代豐富多彩的生活。首先提倡作品主題的廣闊性和文學題材、體裁和風格的多樣性，鼓勵各種不同的文學樣式和不同的文學風格在讀者中的自由競賽。」這些新的提法透露出中央已決定對建國以來的文藝方針進行調整，將繁榮創作提到空前注重的程度。然而，沉浸在歷史恩怨中的胡風並沒有意識到文學運動已有了新的轉機。

此時，第二次文代會的籌備工作已經進入尾聲，胡風雖然沒有參加前期的籌備工作，但出於「對黨未完的責任」，仍然不能無視這件大事。概略地來說，他對第二次文代會的召開既抱有莫大的期望，也夾雜著隱隱的擔憂。

他的期望基於一個傳聞：前不久他聽到周恩來對路翎的評價，由此看到了本流派復振的曙光。他在「萬言書」中寫道：「文代大會開會之前，胡喬木同志向黨員作家們的講話中傳達了周總理的指示：應該把在創作上有成績的青年作家提到領導機構裏來；譬如路翎，在創作上有凸出的成績，應該被提到領導機構裏面。〔註3〕」

這個傳聞使胡風倍感樂觀，他認爲，「周總理當是從幾篇作品瞭解了這個作家的氣質和他的勞動成果所能有的意義，因而覺得有必要挽回路翎的工作條件的。這就開始在一些黨員作家中間澄清了是非不分或者是非不定的現象。」此時路翎雖已赴朝鮮，但還未寫出《初雪》、《窪地裏的「戰役」》等有影響的小說。此外，他還對梅志的工作安排抱有期望，搬家前，周揚和邵荃

〔註 3〕　《胡風全集》第 6 卷第 366 頁。

麟都對他提過，「（梅志來北京後）可以參加文協的兒童文學組工作。〔註4〕」

他的擔憂基於一個揣測。他在「萬言書」中寫道：「這次文代會是不是能夠回答黨中央的關心？從當時的情況看，我覺得是不可能的。僅僅只舉一個小例子：文代會一再延期，說是因為報告沒有起草好。而這所謂沒有起草好，也似乎並不是正在檢查各部門的工作，在整理問題研究問題，而是負責的同志還沒有工夫去想去寫的意思⋯⋯一年多以前就要召開大會，但一年多以後還沒有報告。我覺得這是難於想像的。〔註5〕」

胡風的樂觀，自有其理由；但他的擔憂是否也有一定的根據呢？答案是否定的。文代會「延期」的事情或許有，但原因並不是文藝領導們「沒有工夫去想去寫」報告，而是已寫好的兩份報告（胡喬木和馮雪峰分別主持撰寫的）都沒有被中央通過。

1953年初毛主席認為周揚「政治上不開展」，沒讓他參與文代會的前期籌備工作，另指派中宣部副部長胡喬木負責。胡喬木組織林默涵、張光年、袁水拍等人很快寫成了大會報告，報告中主張按蘇聯的文藝制度取消文聯，將當時的文學工作者協會、戲劇工作者協會等改成各行各業的專門家協會。據張光年回憶，當胡喬木彙報到「取消文聯」時，毛澤東生氣了，他批評道：「有一個文聯，一年一度讓那些年紀大有貢獻的文藝家們坐在主席臺上，享受一點榮譽，礙你什麼事了？文聯虛就虛嘛！」為此事，他不肯審閱這份報告，也不讓胡喬木再負責文代會的籌備工作，改調周揚回來主持〔註6〕。據說，馮雪峰同時主持撰寫的另一份大會報告，也沒有被通過〔註7〕。

周揚大約於8月初重掌文代會籌備大權，按此推算，第二次文代會原擬召開的時間應在7月底。胡風不瞭解文代會籌備期間的曲折，僅從文代會「延期」，便推斷出「負責的同志沒有工夫去想去寫」，又進而斷言籌委會負責人沒有「看清問題的基本性質和大概趨向」，產生了誤識。他於8月17日給上海的朋友去信，道出自己的憂慮：

> 文場主腦在失腦的狀態之中。二馬（指馮雪峰）發言撞禍，報
> 告被否決，其他可想而知。但要虛心地正視現實，現在還沒有此勇

〔註4〕　《胡風全集》第6卷第344頁。
〔註5〕　《胡風全集》第6卷第149頁。
〔註6〕　參看李輝《搖擺的秋韆——是是非非說周揚》。
〔註7〕　黎之《回憶與思考——初進中南海》。

氣。所謂大會，說是要九月初開，但能否開成，是很難說的。〔註8〕
鑒於文壇「失腦」，他覺得有必要爲如何開好這次大會貢獻出自己深思熟慮的
「建設性」的意見，這些意見大致涉及三個方面的內容：其一，關於大會的
準備方法，他建議從下而上，充分醞釀和討論，先民主後集中；其二，關於
文藝運動的領導基礎，他建議首先要揭發幾年來的「宗派主義統治」，徹底改
組文藝領導班子；其三，關於文代會的程序，他主張應鼓勵大家「訴苦呼冤」，
徹底地把文藝不振的根源弄清楚〔註9〕。

　　8 月 18 日他開始起草給周總理的信，彙報他的想法。20 日夜又與梅志拜
訪中宣部副秘書長邵荃麟，面陳意見。他覺得上面對他的積極態度有所肯定，
當時邵荃麟表示願意再找機會「談一談」，兩天後，他正在外面拜客，「文協
趕派人來抓去開了常委會」，第三天他又收到「胡喬木爲文代會預備的報告草
稿」，請他提意見。胡風又興奮起來，連續 4 天與盧甸、路翎、綠原等「討論
報告草稿」，其間兩次致信胡喬木，28 日「意見」寫成，又附上一信送交。他
如此鄭重其事，並非沒有其他的考慮。他曾在「萬言書」中寫道：

　　　　收到了胡喬木同志的報告草稿。如果從個人出發，我應該考慮
　　到胡喬木同志對我的失望情緒和可能有的成見。但我不能這樣，最
　　重要的是爲工作，應關心胡喬木同志的威信和地位。不管對與不對，
　　我把意見坦白地提去了。後來這個報告取消了不用，不管有多少是
　　由於我的意見。〔註10〕

如前所述，毛澤東不看胡喬木主持起草的報告，爲「取消文聯」而生氣，根
本原因是「他不願事事模仿蘇聯。聽到說因爲蘇聯不設文聯，我們也取消文
聯，他就很惱火」〔註11〕。至於胡風的意見對該報告的取消起到「多少」作
用，目前尚不能確定。但是，胡風當年的思路與胡喬木並無多大差別，也是
動輒「以蘇聯爲例」，想必也不會得到「神經中樞」的青睞。

　　胡喬木、馮雪峰的報告被否決後，周揚重打鑼鼓另開張。他走的是一條
蹊徑：先向胡喬木問清報告擱淺的原因；又直接請示毛主席，面聆最新精神。
爲了排除干擾，他索性把寫作班子拉到了天津，班底還是張光年、林默涵、
劉白羽、袁水拍等人，「新報告」在「舊報告」的基礎上改寫，當然便捷得多。

〔註 8〕　胡風 1953 年 8 月 17 日致滿濤、王元化信。
〔註 9〕　參看《胡風全集》第 6 卷第 150、397、398 頁。
〔註10〕　《胡風全集》第 6 卷第 150 頁。
〔註11〕　李輝《搖擺的秋韆——是是非非說周揚》。

9月初毛澤東主持中央政治局會議,聽取周揚彙報了「報告要點」,一致同意,並作出了進一步的指示:「這次會議應該以鼓勵文藝活動,鼓勵文藝創作實踐為主要方針。因為我們的文藝創作還不多。數量和品質是互為因果的。要有更多的人參加文藝活動,更多的人參加創作。文藝創作活動多了,文學作品有一定的數量,品質才能提高。過去對一些作品不適宜的批評,應該得到糾正。創作水準只能在現有的基礎上提高。〔註12〕」

　　周揚主持的報告很快寫成,題為《為創造更多的優秀的文學藝術作品而奮鬥》。9月19日,該報告分送給全國文聯、文協常委徵求意見。胡風收到該報告後,認真地寫出了意見。他在「萬言書」中回顧了當時的想法:

　　　　收到了周揚同志的報告草稿。二十年前,周揚同志是把我看成政治敵人的,解放以來,尤其是在這兩年,周揚同志是直接判定我是文藝上的唯一的罪人或敵人的;如果從個人考慮出發,我只應該表示全部同意。但我不能這樣,最重要的是為工作和關心周揚同志的黨的工作地位。雖然收到報告草稿到要收回的時間只有四小時,我還是細心地讀了一遍,就原則問題提了幾點坦白的意見。〔註13〕

第二天(9月20日),他又收到了茅盾為全國文協大會寫的報告《新的現實和新的任務》。他讀過這個「報告」後,卻沒有提任何意見。

　　平心而論,胡風畢竟長期疏離於共和國文藝領導核心,又未參與建國後的文藝理論建設和文藝批評工作,他縱然十分關心文藝界的「實踐狀況」,目光也不能不被本流派的境遇得失所局限,他對大會報告所提出的若干「建設性意見」,是否切中時弊,是否有可操作性,尚難斷言。況且,他由於種種顧慮,當時並沒有做到暢所欲言。次年他在「萬言書」中曾自責道:

　　　　作為宗派主義統治得到了鞏固的原因之一,第二次文代會是完全在宗派主義統治的基礎上召開了的,連改組成作家協會的這樣大事,也基本上是在宗派主義統治沒有經過任何揭發的現狀上完成了的。我提了對文代會的意見,就是由於對這個基本情況的耽心,但因為我沒有勇氣直接暴露問題的實質,更因為從自由主義所產生的

〔註12〕　《胡喬木在第二次全國文代大會黨員會上傳達毛澤東主持中央政治局會議討論周揚報告的意見》,轉引自黎之《文壇風雲錄》河南人民出版社1998年版,第518頁。

〔註13〕　《胡風全集》第6卷第150頁。

　　妥協思想，把周揚同志也當作能夠考慮我的意見的對象，這就使中

　　央沒有可能感覺到我的意見是從什麼根據提出的了。〔註 14〕

在這段話裏，胡風眼界的受限及思路的窒滯體現得非常充分。如上所述，
在第二次文代會的整個籌備過程中，毛澤東及中央政治局的領導和指導表
現得非常具體，從胡喬木、馮雪峰的報告被否決，到周揚的報告被通過，
黨的領導是貫徹始終的。這裡沒有什麼「宗派主義統治」，只有黨對文藝的
領導。文藝服從政治、服務政治，是上世紀無產階級文學運動的理論遺產；
黨管文藝，「管得太具體」（趙丹語），是上世紀社會主義陣營國家中普遍存
在的歷史現象。胡風的文藝生涯是從 30 年代開始的，他秉承了「武器論」
「工具論」等理論遺產，也衷心服膺黨性文學的原則，在這個大前提下，
他縱然能夠發現文藝運動中的種種弊端，也對文藝創作的特殊規律有所探
索，但他不可能真正發現「問題的實質」，當然更談不上有沒有勇氣「直接
暴露」了。他把所有的問題都歸結爲「宗派主義統治」，並把解決問題的希
望全部寄予「中央」，這是他的時代局限性，也可以說是他的理論悲劇根源
所在。

　　實際情況也是如此，他提出的反「宗派主義」的意見未被上面採納。他
在「萬言書」中道：「邵荃麟同志回答我要找機會談一談。但以後不再提起，
大會照原來的形式召開了」，「似乎周揚同志沒有從基本上考慮我的意見，也
許是考慮了覺得沒有什麼被採納之點，以後見面的時候，他提也不提一句，
連一點意見也不給我」〔註 15〕。

　　在第二次文代會開幕的前一天（9 月 22 日），胡喬木召集黨員代表開準備
會，傳達了中央政治局會議上「討論周揚報告的意見」及「毛主席和中央一
些領導同志的指示」。主要精神有五點：第一，鼓勵、保護創作，反對粗暴的
批評；第二，社會主義現實主義應從五四、魯迅談起；第三，加強文藝界的
統一戰線，黨和非黨的聯合是長期存在的；第四，文代會上應該自由地進行
爭論，通過討論把問題弄得更清楚。據說，胡喬木同時還召集了「各省市文
藝負責人會議」，傳達中央指示精神，並說：「希望二次文代會在周揚同志主
持下開成團結的會議。〔註 16〕」

─────────────

〔註 14〕　《胡風全集》第 6 卷第 397 頁。

〔註 15〕　《胡風全集》第 6 卷第 150 頁。

〔註 16〕　李輝《搖擺的秋韆──是是非非說周揚》。

　　胡風沒有出席上述準備會，他出席的是 9 月 21 日的「文聯、文協常委與籌委會聯席會」及 9 月 22 日的「文聯、文協全國委員會」，在這些會議上似乎沒有傳達中央對文代會的最新指示。他是通過其他途徑輾轉聽到一些來自上面的訊息的，由於傳播過程中的損耗，他得到的幾乎只是一些扭曲了的訊息。如，他從曾卓（時任武漢市文聯常務副主席）和綠原（時任中宣部國際處宣傳處工作人員）處聽到了一些訊息。曾卓談到：「胡喬木對文藝界情況很耽憂，希望大家努力，但不要做無益的事，弄到被動，搞不好中宣部要垮臺。」綠原談到某人議論胡風，說：「看到垮也不走攏來，以為垮了會請你領導。做夢！就是垮了也不會要你領導的！」胡風聽到的當然不會只是這些，但引起他震動的卻只是這些，他由此猜測道：

　　　　聽到曾卓、綠原說的情況以後，我明確了兩點。一是，不但中央對文藝實踐情況感到不滿，文藝領導本身也覺得敷衍不下去了，問題的嚴重性已不應遮蓋了。一是，對我的誤解太大了，和我的實際相反，不消除掉，我的處境會更要壞。〔註17〕

勿庸諱言，胡風的分析與實際情況相差太遠。關於中央對文藝現狀及文藝領導的評估，胡喬木在準備會上明確提到：「中央相信，我們的工作一定可以做好，不要把我們的創作活動估計低了。」關於團結非黨作家問題，胡喬木在準備會上也曾泛泛地談到：「黨和非黨的聯合是長期存在的」，「過去四年，完成了解放區和蔣管區文藝界大會師，進行了思想改造。這次會上基本上沒有抱有資產階級思想的人。」可見，這裡並沒有什麼「敷衍不下去了」、「不應遮蓋了」、「誤解太大了」之類的問題。

　　1953 年 9 月 23 日，第二次文代會在北京懷仁堂隆重開幕。胡風佩帶著紅條子，隨著代表們魚貫地進入會場，他的心情有點鬱悶。

　　該來的沒有來，這是他鬱悶的第一個理由。據他說：「第二次文代會，對於所謂胡風『小集團』有關的作者們，除了周總理親自在黨內提了名的路翎以外，一個也沒讓那些過去努力創作實踐、解放後也努力創作實踐而且是老文協會員的作家們來出席。〔註18〕」他在這裡說的是阿壠、綠原、方然和冀汸等人，阿壠和綠原是第一次文代會代表，方然和冀汸並不是。另外還有梅志，胡風寫道，「文代會的時候，丁玲、馮雪峰同志都向我問到她（指梅志）

〔註17〕　《胡風全集》第 6 卷第 680 頁。
〔註18〕　《胡風全集》第 6 卷第 331 頁。

爲什麼不去參加會。好像丁玲、馮雪峰同志並沒有參加文協黨組決定代表的
會議似的，好像反而是我不要她參加文代會似的。」在他看來，梅志 30 年代
是左聯成員，40 年代是抗戰文協會員，解放前後都曾發表過有影響的兒童文
學作品，應該具備參加文代會的資格。

不該來的卻來了，這是他鬱悶的第二個理由。他抱怨說：「（對於所謂胡
風『小集團』有關的作者們，除了……路翎以外）僅僅只特別邀請了這個過
去沒有寫過文藝方面的文章、解放後更沒有寫過、而且不是文協會員的舒蕪
掛著代表的紅條子走進了莊嚴的懷仁堂裏面。」「舒蕪不是文協會員，除了寫
過雜文，從來也沒有從事文藝工作，解放後更什麼也沒有寫，僅僅因爲反對
了我就出席了文代大會。〔註 19〕」

實際上，舒蕪是具備出席文代會代表資格的。上世紀 40 年代後期，他已
是國統區較有影響的文藝理論家之一。1947 年初郭沫若在《新繆司九神禮贊》
中曾激情洋溢地贊道：「小說方面的駱賓基、路翎、郁茹……，誰個能夠否認？
詩歌方面的馬凡陀、綠原、刀揚……，誰個能夠否認？戲劇方面的夏衍、陳
白塵、吳祖光……，誰個能夠否認？批評方面的楊晦、舒蕪、黃藥眠……，
誰個能夠否認？這些有生力量特別強韌的朋友們，他們不僅不斷地在生產，
而且所生產出來的成品是那樣堅強茁壯，經得著冰風雹雨的鑱削。」1948 年
後郭氏對「胡風派」作家群另有看法，似乎「否認」了前說。

實際上，舒蕪是「寫過文藝方面的文章」的。解放前他就出版了雜文
集《掛劍集》（上海海燕書店 1947 年出版），爲胡風主編的《七月文叢》之
一。解放後，他也寫過文藝論文，即使不算《從頭學習〈在延安文藝座談
會上的講話〉》和《致路翎的公開信》等篇，他在《長江日報》上也發表過
《提高政策性才能夠提高藝術性》、《從政策角度認識英雄的人民》、《反對
文藝思想上的自發論》等文藝短論。他還從事過文藝組織工作，曾任廣西
省文聯研究部部長、南寧市文聯常務副主席，還出席過中南文協第一次代
表大會。

「誰個能夠否認」舒蕪解放前的文藝實績呢？有的，先是郭沫若，後來
便是胡風！順便提一句，第一次文代會籌備期間，胡風是籌委會委員之一，
也是「提名委員會」委員之一。他參加了爲尚未解放地區推薦代表的工作，
他推薦了本流派的路翎（南京）、阿壟（杭州）、綠原（武漢）、方然（杭州）、

─────────────
〔註 19〕 《胡風全集》第 6 卷第 345 頁。

冀汸（杭州）等人，卻沒有費神去爲南寧的舒蕪爭席位。那時，他似乎已經「否認」掉舒蕪了。

綜上所述，舒蕪似乎並不是「僅僅因爲反對了（胡風）」就夠資格出席第二次文代會，他本來就具有「掛著代表的紅條子走進莊嚴的懷仁堂」的資格。

胡風如此看重出席文代會的代表資格，是將其視爲是否得到上面「信任」的大事，他爲未能出席第二次文代會的本流派成員阿壟、綠原、方然、冀汸、梅志等人抱不平，這都是能夠得到理解的。但他似乎不應該「否認」舒蕪。不管舒蕪解放前後對他的態度發生了什麼變化，也不管對方是否再願附和及追隨他的文藝思想，若論創作實績及文壇影響，舒蕪實不在上述諸人之下，這也是事實。

舒蕪在回憶文章中沒有提到過出席第二次文代會之事，也許，他並不認爲這是什麼特殊的榮耀。他當年的代表資格是國家級出版社（人民文學出版社）推薦的，他參加的是文代會中國古典文學組，小組召集人有鄭振鐸、何其芳、聶紺弩等，同組成員都是專家，如程千帆等。他擔任小組秘書，管散發文件和記錄發言之類的事務性工作，並沒有得到上面特別的關照，也沒有被邀請在大會上發言。

第二次文代會期間，使胡風感到鬱悶的事情還不止上述這些人事。他還聽說周揚等近來特別關照老作家沈從文和張恨水，尤其覺得不平。次年，他在「萬言書」中寫道：

> 周揚同志等對於革命文學內部的不附和他的「異己」分子就加以「無情的打擊」，非使他們放棄文藝實踐不止，但對於一般作家，尤其是有地位的作家，又僅僅以附和自己爲標準，把統一戰線工作當作了宗派主義統治的裝飾。甚至對於沈從文，也用「求賢」的態度詞意懇切地勸他恢復創作生活。甚至對於張恨水，也要把他的作品拿到國家出版社出版，還勸他把能夠靠「題材」吸引讀者的「梁祝故事」寫成小說，由這來建立他的作家地位。爲了裝飾宗派主義的統治，居然把統一戰線的原則糟蹋到了這樣的地步。〔註20〕

沈從文和張恨水是否「附和」過周揚，周揚是否借團結沈、張二人而「裝飾宗派主義的統治」，史無明證。據有關史料，毛澤東曾在第二次文代會上勉勵沈從文再寫小說，周恩來曾在第一次文代會後特聘張恨水爲文化部顧問。沈

〔註20〕《胡風全集》第 6 卷第 386 頁。

從文確曾因此想「恢復創作生活」，後考慮到種種主客觀原因而未果；張恨水於 1953 年初恢複寫作，年底長篇小說《梁山伯與祝英臺》脫稿，次年初即被批准在香港發表。

直言之，在 1953 年這個比較寬鬆的年份裏，上面及周揚等文藝領導對沈從文、張恨水等老作家的團結並沒有「糟蹋」統一戰線原則，而是有利於社會主義文學發展的積極舉措；而胡風對「新現實主義」的獨尊卻幾近於「唯我獨革」的程度，對其他流派的作家的排斥也莫之爲甚，並不利於共和國文學事業的繁榮昌盛。晚年，胡風曾與友人談道：「我不過是爲知識分子多說了幾句話。眞不知道十多年來爲什麼要那樣輕視知識分子，不知爲什麼離開五四精神越來越遠。〔註 21〕」這番話，曾被某些研究者提高爲「胡風爲作家請命而得罪」說。直言之，如果輕信胡風會比較正確地看待知識分子的歷史地位和歷史作用，如果盲目地相信胡風具有更多的科學和民主精神，那只是一廂情願罷了。

在這次文代會上，各文藝團體進行了改組和重新定名：「中華全國文學藝術界聯合會」定名爲「中國文學藝術界聯合會」（簡稱中國文聯），郭沫若仍任主席，茅盾、周揚仍任副主席。「中華全國文學工作者協會」改組爲「中國作家協會」（簡稱中國作協），主席仍是茅盾，副主席卻增加到了七人，除丁玲、柯仲平之外，又增加了周揚、巴金、老舍、馮雪峰和邵荃麟。組織結構也進行了重大的改革，以充分體現黨的領導與社會化管理的統一：「中國文聯」仍實行委員會制，但取消了「常務委員會」，而在全國委員會的基礎上產生出 21 人組成的「全國委員會主席團」。「中國作協」採取了理事會制，取消了「常務委員會」，而在理事會的基礎上產生出 8 人組成的「主席團」。領導機制也相應進行了改革，各協會的「主席團」取代了過去的領導機構「常務委員會」。說得更明白一點，只有進入了各協會的「主席團」，才算是跨進了決策圈。第一次文代會後，胡風是全國文協的常務委員（共 21 人），算是決策圈中人；而在第二次文代會後，胡風未進入中國作協的「主席團」，地位已經跌落。

───────────────

〔註21〕 轉引自錢理群《胡風的回答》。